林在勇

著

辰咏首

甲新600

上海三联书店

林在勇　文史学者、旧体诗人、剧作家，上海作家协会理事兼诗歌专委会主任，上海市语文学会会长。曾任华东师范大学副书记兼副校长、上海音乐学院书记兼院长等职，现任上海师范大学党委书记。主要研究领域汉语言文学、中国思想文化，1994年任副教授，国际汉学专业研究生导师，现任研究员，诗词曲创作研究专业研究生导师。发表《心灵底片的曝光——试析莫言作品的瞬间印象方式》（1986）、《发展神话观初论》（1989）、《孔子对中国古代辩证法思想的贡献及其成因》（1991）等论文数十篇；出版《怪异：神乎其神的智慧》《玛雅的智慧——浪漫神奇的文化隐喻》《张岱年学述》《见仁见智》等等著作十余部，主编《当代人文社科名家学述》丛书。系歌剧《梦临汤显祖》《贺绿汀》词作者，音乐剧《春上海1949》编剧、作词，获国家艺术基金多项。

　　近年已出版诗词曲合集《雅颂有风——近体古体诗三百零五首》《比兴而赋——词牌创作三百零五例》《韵成入乐——散曲、杂剧二百曲牌》《心上过天风——壬寅诗馀200首》《谛观四季——壬寅百画诗册》《楹联类纂——林在勇原创骈肩1000副》《声尘证道——林在勇歌词唱段150首》《廿四节气诗词曲100首》《壬寅诗存400首》《癸卯杂诗500首》等。

序一
读你书中固体光

刘庆霖

我与林在勇的诗友关系首先建立在"地缘情感"上。2023年深秋我们第一次在上海的餐桌上见面,当他得知我是黑龙江密山市二人班乡的人时,忽然惊呼"我母亲也是二人班乡的"。于是,我们为此连干三杯。因为离开故乡四十多年从没有遇到"这样近的乡情",我们真是一见如故了。

后来读他的词集《比兴而赋》和诗集《癸卯杂诗五百首》,觉得他的诗词别具风格。如《燕归巢·儿留学将归》:"家有儿郎十七龄,尚能训于庭。年前游学海天行,夏秋过、费叮咛。一冬已去,三春也遇,归日勿留停。

频将航次算分明，吾真老、梦还轻。"寻常语中透着灵性，令人回味和羡慕。然后，我就以诗索要他出版的其他书："日色星晖采撷忙，订成一册带心香。求来留待阴霾日，读你书中固体光。"（《向友人索书》）结果，他却把《甲辰新咏600首》诗稿拿来让我作序。

美国女诗人狄金森在32岁的时候写信给托马斯·希金森，请他看看自己的诗是否"会呼吸"。我认为这句话问到了"本质上"。当你的思想情感世界相碰撞，产生了火花并以诗的形式呈现，这些文字就是脱离诗人本体的诗了。至于以自由诗的形式呈现还是以格律诗的形式呈现，那都不本质问题，本质问题是你这些文字是否"活着"，是否"有呼吸"。因为，只有"有呼吸"和"活着的文字"才能感染人。林在勇的诗就常常有这样的感染力。

诗之动人，其本在诗人胸中丘壑。此中三昧，可凝于"诗心、诗神、诗思"三者。今观林在勇先生诗作，恰可为此作注。

诗心者，一为赤子痴心，二为诗家法眼，三为志士襟怀。爱诗愈深，其心愈纯。纯正诗心，既见于"衣带渐宽终不悔"的执着，更显于明辨美丑、洞见善恶的诗观，终归于"铁肩担道义"的诗人志向。昔鲁迅"我以我血荐轩辕"的呐喊，正是这般诗心的绝响。

我们先看林在勇对诗词的痴心。他2022年出版的《比兴而作》词集的后记中有一首《洞仙歌·填词四十年》（格从苏轼冰肌玉骨）："少年羞癖，惯隐身诗寂，叨得思沉性情易。又何曾、肯写无故虚文，唯吟些、宇宙人生经历。　恕心嫌讽刺，耻作青词，安避闹中事堪缉。铁板共红牙，柳岸江涛，一真率，便同呼吸。倘承问风流句频频，敢相告坡仙久来扶笔。"这首词起码说明两个问题，一是他爱诗词如命，把写诗填词当成毕生的追求，一写就是四十多年；二是他的诗词主张，从"心嫌讽刺，耻作青词""铁板共红牙,柳岸江涛,一率真,便同呼吸"中可见他的诗词观。

我们再来看他这本诗集中的几首诗:

步韵五呈胡公

几世诗缘感渺因,谁家许作后来人。

歌行卖炭白居易,抖擞劝天龚自珍。

一任平生甘苦事,尚存梦忆色香莼。

愿无多憾将花甲,更诵春江月向晨。

胡公晨问休致之期感作次韵和诗七呈

学而时习作兰因,自个求诸岂为人。

可敌虚无诗乃贵,多经诞妄理弥珍。

会心食不厌精脍,回味思之返朴莼。

纵寿期颐今过半,更将烟夕认花晨。

忆谒南安覆船山郑成功墓

吊客拜山心不哀,唯思苍翠几时栽。

东南云起英雄相,上下幡飞香烛台。

曾向悲风天懂得，便将怒海气吞来。

千秋功业谁能作，幸甚人生此一回。

第一首《步韵五呈胡公》中"一任平生甘苦事，尚存梦忆色香莼。愿无多憾将花甲，更诵春江月向晨"，依然写出了他对诗词的极度热爱。第二首《胡公晨问休致之期感作次韵和诗七呈》中"可敌虚无诗乃贵。多经诞妄理弥珍"，进一步阐述了他的诗词主张。第三首《忆谒南安覆船山郑成功墓》则借赞美郑成功，展示了他的人生观。同时，"几世诗缘感渺因，谁家许作后来人。歌行卖炭白居易，抖擞劝天龚自珍"，则反映出林在勇不同凡响的诗人之志。

诗神者，乃诗人与天地交感、与万物共情的灵觉。此中真意，在于以敏锐之心观世，以玲珑之耳听风，于寻常处见奇崛，在无声处闻惊雷。白居易观原上春草而悟生生不息之理，袁枚见幽苔微花而得自强不息之志,皆因诗神贯注,方能点石成金。

　　林在勇先生之诗神,亦显于其观物之独到、运思之精微。试看其《题石元画凌霄花》:

　　　　向上非攀昼锦堂,欲无遮处近明阳。
　　　　花红未改神清气,岂为居高不自香。

凌霄之花,自古咏者甚众,或赞其凌云之志,或讽其附势之态。而林在勇独辟蹊径,不落窠臼。首句"向上非攀昼锦堂",直破俗见,言其志不在富贵,而在光明;"花红未改神清气"更翻出新意,谓其居高而不改本真,反诘"岂为居高不自香",使凌霄傲然独立之姿跃然纸上。此非寻常咏物,实乃诗人精神之自况。

　　再观其《上海师大退役军人学院师生为七十周年校庆作无人机飞行表演》:

千百云机变阵飞，霓灯星字舞穹帏。

黄园七秩今多庆，学子能将天指挥。

此诗写现代科技题材，却毫无滞涩之感。"千百云机变阵飞"如见星河倾泻，"霓灯星字舞穹帏"似有天花乱坠。末句"学子能将天指挥"，更以夸张之笔，化科技为诗境，使无人机之表演顿生"上九天揽月"的豪情。若非诗神灵动，焉能以此等题材入诗，且举重若轻。

又如《题石元画蜻蜓红高粱》：

满目秋成胜夕晖，田园嘉岁藋梁肥。

金风乐在拂红穗，不管蜻蜓胡乱飞。

此诗纯用白描，不事雕琢，却生机盎然。"金风乐在拂红穗"一句，风若有情，穗若含笑，而蜻蜓之"胡乱飞"，更添野趣。诗人以闲笔写活田园，正是诗神所至，方能于平淡中见真味。

诗神之妙，在于能见人所未见，感人所未感。林在勇之诗，无论咏物、纪事，皆能独出机杼，既得自然之趣，复含时代之新，足见其诗神丰沛，慧眼独具。

诗思者，乃诗人驭字炼意、超然象外的哲匠功夫。欧阳修谓"状难写之景如在目前，含不尽之意见于言外"，正是此中三昧。格律诗形制既定，如金科玉律不可更易，而诗人偏能于方寸之间腾挪乾坤，以有限字句涵无穷天地，此非诗思深厚者不能为。林在勇先生之作，恰似庖丁解牛，以神遇而不以目视，其思力之妙，可见三端。

一日联想纵横，思接千载。其《上海第七届进博会国产商品面貌一新》云：

今年国货万花繁，机器像人筋斗翻。
我自解嘲刘姥姥，这回进了大观园。

由智能机器人"筋斗翻"之奇观,忽跃至刘姥姥眼花缭乱之态,时空骤转而意脉贯通。此等联想,非但跨越古今,更将科技之新与人性之常熔于一炉,令人莞尔之余,复叹其思力之活。

二曰语言穿云,力透纸背。观其《东风31AG试射》:

> 一箭穿云送响雷,大洋万里隐虺虺。
> 传音西海龙王梦,不醒不妨多几回。

四句如连环弩发,层层递进:"穿云响雷"先声夺人,"万里虺虺"暗蓄雷霆;"西海龙王"化神话为威慑,末句"不醒多几回"更以冷语收煞,举重若轻。寻常诗人写军威必作铿锵之调,而林在勇偏以举重若轻之笔,使诗意与威慑力并生,此乃语言张力之极致。

三曰理趣相生,思辨入髓。如《淮河》一诗:

禹疏未竟患多顽,泛滥千年南北间。

一自人民兴水利,通江达海喜潺湲。

以大禹未竟之功反衬人民伟力,寥寥四句,竟成一部治水史诗。更妙在《二十四诗品之旷达》:

穷通经过笑人痴,风雨阴晴俱入诗。

愿学东坡无所谓,真无所谓岂言之。

以辩证思维解"旷达"真谛:东坡之"无所谓"本是至情至性,若刻意言之,反落第二义。此等思辨,非洞明世事者不能道。

诗思之贵,在于既破文字障,复超语义关。林在勇之诗,或联想飞驰,或语言裂石,或理趣深邃,皆可见其"超以象外,得其环中"的功力。昔人云"诗有别才,非关书也",然若无诗心为魂、诗神为眼、诗思为骨,纵有万卷书,亦难成一字之灵。

林在勇先生三者兼备,故其诗能如《力量与法门》所言:"于规则中得自由,于思维中见天地,于阅历中蓄雷霆。此亦吾二人论交之基,相契之本也。

2025 年 4 月 15 日

(刘庆霖,中华诗词学会副会长,《中华诗词》杂志社社长)

序二

"伦常日用"之诗学

黄鸿秋

　　林在勇先生《甲辰新咏》大著行将付梓，命我为序一篇，自感以一晚生下属，焉得佛头着粪，"僭越"至此？于是坚意以辞。但先生许我为忘年交，且以为缪斯面前，众生平等，疑义相析可也。这才使我惶恐之中增加了一点勇气。

　　我入职上师大之后不足一年，接过刘青海、徐樑教授的"衣钵"，给诸生讲授古典诗词格律与写作。不久，系主任王宏超老师转来消息，学校"最高长官"林在勇书记后续将加盟领衔，携我一并给本科二年级生"重塑"此课。我在学术和生活中始终抱持着一种相当"自我边缘化"的心态，对于"攀附"大佬或结纳同行才俊鲜少自觉，也几乎从不关心本单位行政上的人事关系及其变动。也因那时有一个偏见，以为学者、作家一旦投身行政系统为"官"，必要渐渐疏离于他的老本行，有损乃至绝缘于学术与诗意了。这是可以臆度到的。因此初闻林先生以"长官"身份来坐镇这样一门课，便引起我的大好奇。俟搜检一番履历、著述和作品之后，乃知林先生亦是文史学者出身，且早已是沪上声名在外的一名诗人了。而诗词写作课，正非兼具研究与创作的双重能力不能承担。

自此之后，先生每有新作，便以微信惠示，短短一二年间，获读已近百首。但我每次接读林先生的作品，都有一股莫名的压力，盖心知林先生是希望我能够一一酬唱应答，成就一段佳话。惟写诗于我而言实在是一桩颇为痛苦之事，必须完全挣脱当下凡俗，沉浸到某种高强度的、深度的情绪当中，始能有所感发。无论题目、随时随地都能迎来唱往的能力,在我是不具备的。林先生正相反。他曾自道:"我每天差不多都写诗是为了脑保健操,其实也是心保健操"(《后记》)。按之本集甲辰年600首之数,已不止于日均一首,从集中作品所附创作日期看,一日数诗乃至十数诗是很常见的;前年所刊《癸卯杂诗500首》之"十日得心辑200首",更是日赋诗20首。"旁通而无滞,日用而不匮"(刘勰语)的诗情,以及有规律地日课一诗乃至数十诗的意识,正是林先生作品给人的第一印象。此种诗学形态,实来源于诗学史上"伦常日用"的写作精神和传统。为了更好地阐明这一点,有必要先回到历史的脉络中稍作分疏。

过去学者往往从题材内容或表现范围的"日常化""生活化"来提挈唐宋之际诗学的一个重要转型。但邺下文人"怜风月,狎池苑,述恩荣,叙酣宴",梁陈君臣赋艳情,初盛唐宫廷诗人应制唱和，陶谢王孟写山水田园，也便是他们的"日常"，他们的"生活"，至少是他们"日常生活"的一个重要部分，但明显与普通人衣食住行、言谈交接、生老病死的常态生活不同。这提示我们，所谓"日常化"是有层次的：一种是基于某种特定的圈层、生活条件或方式而展现出来的"日常"，它不能为一般士人所共享，是一种悬浮于社会基层生活之上的"被限定的日常"；一种是可以为一般士人乃至普罗大众所共享，本就以生活之"基本面"——伦常日用为书写或表现对象的"日常"。中古时代的文人诗学与伦常日用之间是存在相当距离的，后者中的大部分琐细面向，都不会被无条件地反映到诗歌当中。从杜甫、白居易开始，才渐渐开辟出一条摆脱特定圈层或生活方式，向着更为广阔的"生活世界"本身靠拢的道路。诗歌写作与"生活世界"的关系不再是紧张的，矛盾的，分离的，而是和谐的，同构的，融合的,诗人们不再刻意追求一种超出"伦常日用"之上的客体表现,而是将"生活世界"本身不加任何附带条件地变成作品,二者之间的界限渐趋于消弥。

与此同时,那一植根于伦常日用之地层中的最为普遍的精神世界,也迎来了诗学上的价值重估。"性情"二字在中国古代思想史上往往二分,哲学家强调"性善情恶",要"灭情复性"。类似地,"情性"二字虽然早在《诗大序》"吟咏情性"的论说中已被合为一体,但并不等于人所本具的所有心灵体验都自具诗学意义,而主要指向"经夫妇,成孝敬,厚人伦,美教化,移风俗"的政教诉求,是一种"大我性需要"。易言之,一种情性可不可以或值不值得写到诗里,不取决于情性本身,而取决于它如何被理解和评价。个体心灵的发抒,必须置入到某种自我与政治或社会正向联结的宏大结构之中,才能获得其价值。"风雅""建安风骨"乃至"盛唐气象"等审美范式正是在这样的背景下生成。但是，在这些受限定的"情性"之外，实际上还隐藏着一个被惊涛骇浪遮蔽的深海层，即人之为人每天都在自然而然发生的，由无数复杂普遍的意绪、情感、感受、经验和思考等组成的"精神世界"。此后中国诗学史上性情观的两次大"解放"，正是朝向这一鹄的：先是梁陈宫体诗释放物、情之欲，在初唐、晚唐、晚明都有较大回响，但往往突破儒家礼法规范，故一直有争议。其后杜甫草堂诗和白居易闲适诗，释放的则是伦常日用中最为普遍、凡俗的人情体验，它并不必然指向某种宏大的"外部结构"，而是人性及其生存发展本身的自然需求和合理发抒，是一种"小我性需要"，故反为儒家思想所肯定，并没有太多争议。并非只有那种政教的、理想的、崇高的、深刻的"大我"情性才有意义，凡夫俗子在日常生活中自然生发又转瞬即逝的各种普遍的、俗常的、轻浅的"小我"体验，也被赋予了诗学上的审美内涵。甚至白居易那些受到前人"白俗"批评,不厌其烦地铺叙身边琐事、满嘴衣食俸禄、艺术上也未必高明的作品,在开拓客体表现方面也仍有其意义。因这种"庸俗"本身就代表了一种无条件的本真和自然,是对人性最基层面的回归,这正是以前的"大我诗学"不以为然的地方。

既然伦常日用及其精神世界并非独属于"诗人",而是为人所共有,那么一旦掌握了诗歌的基本形式规则,则凡"心之所之"者,自然都可成诗。借用泰州学派的说法,"诗"不在伦常日用之外或之上,正在伦常日用之中。因此,"伦常日用之诗学"的根本意义,在于赋予了最为普遍的"生活世界"及其精神世界在诗学上可以成立的合法性。正如儒家强调"人皆可尧舜",大乘佛教主张众生皆有佛性,"伦常日用之诗学"也印证每个人皆自具"诗心",使每个人都能成为诗人。

写诗不再是独属于某些圈层或特定生活方式的人的"专利"，而成为人人都可平等地占有的一种"清风明月"。两宋迄清，诗歌的社会普及全面走向深化，除了知识阶层的扩张和下移，"伦常日用之诗学"的成熟和推广实是一个不可忽视的内因。

林先生的创作，无疑在杜、白及宋人以来的延长线上，是从属于"伦常日用之诗学"这一新系统的。我想，这一点无劳费笔墨论证，读者试一粗检林先生这部集子的目录及内中部分作品，便可有直观的感知。如果读者还曾将林先生此前《雅颂有风》《比兴而赋》《韵成入乐》《壬寅诗存四百首》《心上过天风》《癸卯杂诗五百首》《廿四节气诗词曲100首》等一系列作品连贯地读下来，当更能同意我的看法。在这里，诗不是抽离于最为普遍的生活世界之上，相反，是以深入到生活世界之中，与生活世界融为一体为前提。盖"生命留下了痕迹，生活开出了气窗。写诗不为别的什么,仅此而已,不过却也足够了"(林在勇《后记》)。所作诗篇是否具有足够动人的力量或藏之名山的不朽价值,并不重要,重要的是在"我手写我心"的实践过程本身,诗人调适了自我之性情,将生活客体化为一种足以肯定、欣赏与期待而非否定、厌恶和弃绝的对象。这就是伦常日用之诗学最大的"社会意义"。

"伦常日用"强调生活和精神世界的普遍性、常态性与基础性,但并非抹除不同诗人之间的身份和社会差异,将所有人拉到一个"同质"的平面上。而是说,对于生活和精神的暴露,除了最为必要的法律和道德限制,就不再是有条件的。无人不有自己的伦常日用,也就无人不可用诗歌来表现自己的生活,形成自己的"伦常日用之诗学"。因此,当一个个体回归到独属于他自己的"小天地",与自己的生活和精神世界展开对话,就可能自觉或不自觉地在某些表现范围或主题上形成开拓创造。于林先生言,这种开拓创造显然有诗学上的自觉意识。例如他说:"新鲜事物也是可以入诗的,而且不用口号那种,从诗学上讲也有意义。从我职业身份说,办学育人是第一位的,所以有了《兴学有感 14 首》。"(《后记》)又如《诗品注我 24 首》乃以唐司空图《二十四诗品》为品题赋成,为前人所无之造作,林先生自云:

> 这题材确实是有意为之,因为古人没有这样写过,愿为出新一试,但也非刻意为之,有时正好是被某一个场景所触动而作,究竟是我注六经还是六经注我,且由他去。

再如《颂今纪成 20 首》,在现代读者也许要被讥为一种歌功颂德、例行公事之作。但在古代,润色鸿业何尝不是一项经国之伟业,是一种"对于我们这个国家和时代所取得进步的由衷欢喜,真心诚意的记录"(林在勇《后记》)。而"雅颂"向来被认为是至高无上的一个诗学系统,更在"风雅""讽喻""风骨"之上。只是由于古今诗学观念的演变,才失去了其应有的意义而已。

在林先生的创作中,规模式组诗专咏的批量出现是一个值得注意的现象。如本集中的廿四节气之春夏秋冬、传统节日、五福八喜、中国省区、山川湖海、十二生肖、四灵五仙、笔墨纸砚、八珍八鲜、诗品注我、通州八咏等,已近全集一半的篇幅。有的组诗应是一开始就明确了具体的主题、诗题和篇数,也有的可能先有一些零星之作,然后产生"组诗"意识,反过来促成一个系列之作的出现。在一些以类相从的诗辑当中,也可猜测诗人由于纂集刊刻的考量而形成"诗辑"意识,于是反过来刺激了相似主题下更多作品的产生。例如"伤逝触怀""春申今古""甬上寄情""胡林十对""颂今纪成"等不多不少有着规整篇数（十、二十）的诗辑，无疑是"刻意"造成。其中体现出一种深刻的文本与生活双向互动的关系。

旧体诗词的形式规则，包括平仄、押韵、体裁乃至组诗/词等体制本身，不仅不是镣铐，反而是承载着业已入门的写诗者达至一个更为自由广大世界的羽翼。例如，韵部一方面限定了诗人不能押某些字，但同时又揭明了诗人可以押某些字。而一个韵字及其所携带的语词系统，就代表着由一些特定的意象、动作、人事或情绪组成的"材料库"。当诗人诗思蹇涩无从下笔时，巡检所押韵部本身就是在帮助诗人扩大材料的选择范围，引导诗人精准地捉取、开发最为匹配于当下诗歌写作要求的语言和情感，而这些语言和情感，此前是完全沉埋于我们的潜意识当中，无法自主显现的。又如，当一个诗人形成"组诗"意识，试图集中地创作某一主题的多篇作品，他就会被"催促"着不断挖掘出这种主题下所有可能的写作方向、空间或内容，形成一个有序列、有条理的整体，不到主题完足或诗兴耗尽不会终止。在这个过程中，写作者对于自身生活、心灵或艺术潜力的挖掘也将达到前所未有的深度。易言之，运用旧体诗词的形式体制写作诗词本身，就是一个重新发现、开发自己的生活、心灵及艺术潜力的过程。它不仅是一个从生活到文本，生活决定文本的单程过程，也是从文本到生活，文本反作用于生活的"逆向"过程，最终形成一个"文本—生活"无限循环联动的统一体。

伦常日用之诗学有两套完全不同的语言模式。一套讲究语言的争奇斗险。表现在"非常"词汇的选择及字法、句法的锤炼两方面。例如，韩愈的诗歌就展现出第一方面的倾向，黄庭坚则表现出后一方面的特点。此后"同光体"诗人最为典型地继承了这一传统，杜甫则被认为是这一传统的源头。这其中是存在一种深刻的艺术辩证法的，即通过语言构建上的反常求奇，与本就平平无奇的"伦常日用"形成反差性的艺术张力，来造成诗歌递深一层的兴味。另一套则如元、白、梅、欧，并不刻意争难斗险、务为奇警，而是追求诗歌语言与"伦常日用"之寻常性之间的某种同构性，强调从生活到文本的自然呈现。这一语言模式，也仍应追溯到杜甫晚年的"草堂诗"。

林先生的诗，并非没有反常求奇的表现，如"环城葱翠皆山也"（《萨拉热窝》）、"开国四之三世纪"（《国庆七十五周年》）等句法，但刻意锤炼的字眼几乎没有。其诗通盘呈现为一种清通爽健乃至不计浅白流俗的语言风格。以我跟林先生的接触，硬语盘空、奇崛拗峭、苦吟推敲的作风，显不符合他的性情。当他将诗心回归到最为普遍的伦常日用之生活本身，用"非自然"的语言模式无疑会反复打断那种"如万斛泉源，不择地而出""滔滔汩汩,一日千里"(苏轼《文说》语)的创作激情与触动,无法做到心、手的即时相应,也就不可能日成数诗乃至数十诗了。诗歌史上凡追求以"非自然"语言写作的诗人,其作品数量一般都比较有限,而以最合乎生活法则的"自然"语言书写的诗人,作品数量则往往数倍乃至数十倍于前者,也正是这个原因。

但这并不意味着以"自然"语言书写的伦常日用是缺乏艺术张力或审美性的。借用禅宗话语,可以看到坦易清通的语面之下,林诗在意与境层面皆存在某种较为显豁的"机锋"形态。这种意境上的"机锋",当然也是宋人以来一种自觉的艺术追求。即不是通过语言的外壳,而是通过内化在语言之血肉中的意与境来达到一种"超日常"的诗味。林先生无疑深谙此道。如《咏八珍之兔脯》:

展翅挺膺三两肉，兼程赴席万重山。

一飞何惧身千劫，最是难逾舌齿关。

"展翅挺膺""兼程万山"，塑造出野兔"无惧千劫"的英雄形象。末句突然笔锋一转，打破"英雄叙事"，点明野兔再坚韧勇猛，也无法摆脱被人类捕杀烹煮的劫数。从"赞"到"嗟"的情感陡转，直指人类所谓"八珍"高雅文化下剥削生命的暴力野蛮本质。在古往今来的野兔书写中，可以说翻出了新意。又如《驱车二日往返苏中》：

白墙红瓦两边来，绿野黄花片片开。

千里风驰拦不住，要将春界速量裁。

前两句用极具视觉冲击力的色彩碰撞，交织出一幅烂漫的江南春景图，第三句回切题中"驱车"二字，前后意脉是宕开的。于是诗人设想春天是一匹布料，要用车轮作为尺子快速裁量其边界,自然链接上第三句并关合到第一、二句,不仅完美契合"起承转合"的艺术规范,更是一句激活全诗,将诗人惜春爱春的情绪集中爆发出来。"春界"一语承自清姚燮"春界搜花燕羽飘"(《近闻十六章》其七),创造力已远过之。

再来看"境"方面的例子。如《小雪时令》:

消磨短日几分阳,冬月兼旬待雪霜。
头上青山一年白,眼前秋树半边黄。

前两句平铺切题,未足称奇,"青山头白""秋树半黄",镜头由远拉近,亦不过应景而已,但句头忽缀以"头上""眼前"二语,则瞬间打破身体与自然之界限,将老之将至、壮怀不再的迷离惝恍打并入外部景色,物我同构,而成一"有我之境"矣。复如《咏笔》:

蒙恬何故自开宗,挺颖抚丝裁紫笋。

把握人天从寸管,指挥云水用毫锋。

文人握笔作文之习见场景,若平平写来,无妨其成一形式上合格之作品,然终嫌少"诗味"。于是诗人乃在微观与宏观的辩证法上做文章,将极言毛笔物理尺寸之小的"寸管""毫锋"与涵盖尘世宇宙万象之大的"人天""云水"分别打并到一句之中,以"芥子纳须弥"的机锋之笔,赋予了一个平凡生活场景"不平凡"的诗境与张力,可谓点铁成金。

我们甚至可以设想,林先生很可能是先有了"机锋"之思,得了"机锋"之句,才顺势将之足成一篇。整首诗的写作本身,就是为了这一点"机锋"而存在的。"机锋"的凸显需要铺垫,但又不能铺垫得过长,否则喧宾夺主,读者疲于文辞,就淹没"机锋"突然降临时的惊喜感了。职是之故,林先生的这类作品，几乎都为五七绝，五七律都已少见。且"机锋"的出现通常压在后二句，形成一个相对稳定的模式。这与五七绝的短狭篇制天然合于"机锋"艺术的追求有关，压在后二句，则与起承转合的经典结构范式密不可分。事实上，唐宋以来追求意境"机锋"之作，也大都为篇制短狭的律绝，同时大抵压在后二句/联，理由同此。

五四新文化运动之后，旧体诗词始终处在新诗主流地位的"压迫"之下，但其自身的历史脉络并未终结，此因在新、旧两派不同诗人中，仍然存在着相对深广的、整体性的社会写作力量，足以支撑它延续、发展自身命脉。直到 40、50、60 年代生人身上，由于政治结构与社会文化的巨变，这一整体性的社会写作力量才消失了，剩下的只是一些零星的"爱好者"。逮及 70、80、90 年代生人，又有根本改观。林先生属于中间的"零星"世代，但他的创作，似乎是从近些年才全面铺开的。因此无妨说他也是一个时代的"新人",创作生命的旺季才刚要到来。

（黄鸿秋,北京大学中文系博士,上海师范大学人文学院讲师）

序三

本色当行作诗语，
以心观物书万象

李　悦

　　作为研究生导师，林在勇老师别具一格。研一入学的时候读林老师的《雅颂有风——近体古体诗三百零五首》，注意到其中一篇序言的作者竟是林老师的学生，心中颇为惊诧——从前只见过老师为学生作序，学生怎敢给老师写序呢？诧异的思绪随后便在林老师的后记中得到解答——原来在林老师看来，学生为老师作序，是为一段佳话。研二时，林老师的新书《癸卯杂诗五百首》又录研三师兄序文一篇，全篇以文言写成，颇有文采。师门中为林老师撰序者，或已有所成，或文采斐然，我自问不可望其项背，故从未想过自己有朝一日竟能得此殊荣，给林老师的新书写序。时至今日仍有些恍惚和惶恐，不知从何落笔。论学理，我远不如本领域师长；论创作，更不及林老师万一。我之所有，唯尊师之心与爱诗之心而已。

颂其诗，读其书，不可不知其人。林在勇老师是诗人，是作家，而作为他的研究生，最大的幸运莫过于不仅可以第一时间拜读老师"新鲜出炉"的作品，更可在三载相处中沐其春风，从而更全面立体地理解老师的作品。

在中国古典诗歌创作上，林老师可谓本色当行。对于旧体诗写作，林老师有自己的坚持。他始终怀有对传统诗体的敬畏心与传承民族文化的责任感，尊重诗体产生的历史语境，其诗遵循格律，法度谨严，体格、句式、平仄、用韵等悉如古人。以用韵为例，林老师写近体诗必依平水韵,作词则依《词林正韵》,为曲则依《中原音韵》,这种对"正体"的追求赋予了诗作雅正的气质和古典的韵味。如"头上青山一年白,眼前秋树半边黄"(《小雪时令》),若按今韵"白"作平声读,则失其清峭,唯依平水韵的短促入声,方显冬之凛冽。可以说,在林老师的诗中,每一个依律而押的韵字,都是投向时间长河的石子,它们激起的涟漪终将汇成中国古典诗歌传统的巨流。这些形式上的"复古",恰使当代创作真正融入民族文化血脉,使"汉唐气象来诗里"(《七绝·二十四诗品之雄浑》)成为可能。

林老师总是强调诗词格律规则并不复杂,这其实是缘于他长年深耕此域,学养深厚。事实上,对一个现代人来说,坚守诗之正体是有一定难度的。诚然,在当今时代,人们可借助信息技术检索韵典、搜罗典故,依样填诗,可是,若不能将相关知识内化于心，作诗便如同剪字拼贴，即便偶然凑得佳句，也难以形成佳篇。且"诗是强烈情感的自然流露"，以搜肠刮肚、寻章摘句之法作诗，欲达"自然"之境也难矣。不过，对于林老师这样饱读各类典籍、熟习古典文化的诗人来说，上述困境并不存在。古典诗歌创作所需的种种学识，早已融入林老师的本能，信手拈来、随时调用，易如反掌。关于这一点，最鲜明的体现，便是林老师的作诗速度。林老师十分钟内即可成诗，倚马可待、援笔立就，毫不夸张，且所作之诗格律规整，分毫不差。这对于当年初入学的我而言，不能不说是一种震撼。后来发现这震撼我的本领，不过是他的日常。林老师厚积博观如此，每有见闻感悟，自能将点滴感触化作珠玉，曲尽其妙。

就内容而言，林老师的诗作亦高扬着中国古典诗学之精神。中国古典诗歌历来具有强烈的时序意识。陆机云："遵四时而叹逝，瞻万物而思纷。"刘勰讲："春秋代序，阴阳惨舒，物色之动，心亦摇焉。"钟嵘说："若乃春风春鸟，秋月秋蝉，夏云暑雨，冬月祁寒，斯四候之感诸诗者也。"节序流转触动诗人的心灵，四季更替引发生命的共鸣，春日是"春声听见触春情"（《七绝·题石元柳浪飞燕图》），夏日有"诗趣请来热兴头"（《七绝·咏廿四节气夏至之四》），秋时云"年年天气行秋好，在在诗情得趣多"（《七绝·咏廿四节气秋分之三》），冬日云"寒冬两事一般情，衾冷思温诗欲精（《七绝·咏廿四节气小寒之三》）"。每逢节令，林老师也都会赋诗，在老师的感染下，我开始重新关心天气的冷暖，关注自然的变化。"一入春和都入画，但知花好不知名。"（《七绝·咏廿四节气春分之一》），"暖风吹老群芳去，润雨滋新百谷生"（《七绝·咏廿四节气谷雨之二》），这是春的喜悦。"可喜金黄中岁谷，尤欢碧绿半田秧"（《七绝·咏廿四节气芒种之四》），

"云星遍洒乌金纸，日月徐行热火天"（《七绝·咏廿四节气夏至之三》），这是夏的热烈。"金风玉露相逢际，清酿桂花同好时"（《七绝·咏廿四节气寒露之二》），"岁运经来三季好，霜风更得万山红"（《七绝·咏廿四节气霜降之四》），这是秋的圆满。"谁使梨花飞万里，竟将天色染三春"（《七绝·咏廿四节气大雪之一》），"日捱一日才三九，冬尽三冬又一春"（《七绝·咏廿四节气大寒之三》），这是冬的静美。四时之景不同，而乐亦无穷。

时间之外，还有空间。神州大地幅员辽阔，赋予了中国古典诗歌鲜明的地域色彩。诗家的润色点睛成就了各地的名山大川，唐诗之路至今令人向往。可惜古代交通不便，还有许多地方未经书写，而林老师的诗作在一定程度上填补了这样的遗憾。老师的笔下既写有三山五岳、五湖四海、大江大河等传统名胜，亦有现代上海、三亚的新景，甚至放眼海外，绘出了墨西哥、西班牙、摩洛哥等这些古人未至之地的风情，可谓写前人所未写，发前人所未发。正如李白成就了白帝城，崔颢成就了黄鹤楼，刘禹锡成就了乌衣巷，林老师的诗意书写，也正在塑造属于我们这个时代的寰宇胜景。

中国古典诗歌从不是无根之水、空中楼阁，而是扎根于生活的土壤，具有强烈的现实精神。"文章合为时而著，歌诗合为事而作"，关心国家、关心社会、关心人生本是中国古典诗歌传统的题中应有之义。嫦娥六号着陆月背、上海进口博览会、北京中轴线成功申遗、国庆七十五周年、航母福建舰出海、美国网民注册小红书……林老师的诗涵盖科技、经济、文化、军事、外交等各领域，"诗可以观"，读甲辰诗，知甲辰事，真正是"家事国事天下事，事事关心"。

在继承发扬中国古典诗学传统的基础上，林老师更有开新的一面。爱诗之人，往往充满了对世界、对生命的感悟与思考。林老师虽以旧体为诗,但作品之内核却是指向当下的,他的诗中最动人的,也正是那些鲜活真切的生命体验。从"十年数览思开眼,喜见天工是国人"(《七绝·上海工业博览会》)这样的家国情怀,到"百年何所树,天下栋梁才"(《五绝·贺上海实验学校崇明东滩高中启用》)这样的师者寄语,从"何日重逢申浦上,倾杯夜话共曛酣"(《七绝·海南谢友人》)这样的老友相聚,到"四旬逝了皆尘幻,半百归来犹少年"(《七律·华东师大中文系 85 级返校团聚》)这样的同窗重逢,从"二十年来常在梦,儿逢忧喜欲亲知"(《七绝·先母辞世二十年矣》)这样的人子意,到"吾儿有幸预其事,乃父欣欣试一飞"(《七律·自京返沪首乘国产大飞机 C919,颇慰钰雄吾儿参与建造也》)这样的父母心……言心头喜怒哀乐,道世间悲欢离合,种种情感交织成温情脉脉的烟火人间,怀万家忧乐成胸襟之大，惦多年亲朋见真情至深。以古典诗歌的精神观照当今时代，书写当下社会，可不就是"古为今用"，可不就是"中华优秀传统文化的创造性转化和创新性发展"。当古典诗歌与现实人生撞个满怀，自有焕然一新的生命力。

每逢技术上取得重大突破，对既有的生产生活方式产生冲击时，总有人对文学的未来忧心忡忡。在"机械复制时代"的背景下，罗兰·巴特宣称"作者已死"；在大众传媒的突飞猛进中，又有不少声音认为"文学已死""阅读已死"；自生成式人工智能横空出世，更有不少人在尝试 AI 创作后感叹"诗歌已死"。然而事情的真相却恰恰相反——文本的意义空间虽是开放性的，但迄今为止，大多数读者仍然关心作者的意见；读纸质书的人变少了，但谈论文学的人却更多了，文学阅读存在于几乎每一块发出蓝光的屏幕上；人工智能可以批量制造"李白体""杜甫体"，但这些仿品转瞬即逝,既不会成为评判诗歌的准绳,亦不能取代真正的诗人。

真正优秀的诗歌创作,是人工智能无法取代的。此类创作不仅要斟酌字句,还要考虑语境乃至文化审美心理。人工智能穷举式的排列组合可以拼凑出似是而非的文字,但不能通感、共情、代入,因此贴合情境、量身定制的创作也只有人类能完成。发时代之音、深入人心的诗作,仍是这个时代的稀缺品。人工智能可以批量生产文字,却永远无法精准地捕捉每个人当下的情思。正如林老师书中的诗友唱和,它们的生成,既取决于诗人的个性,亦取决于人与人之间的羁绊。唱和对象不同,即便同题同韵,也会产生不同的化学反应。以《小雪时令》为例,林老师在甲辰小雪之际赋诗一首,并有十二人在同一天同韵相和,但每一首所呈现的都是不同的风貌。林老师在那天所见的,是"半边黄"的秋树,并由此生发岁月易逝的感慨。

而我看到"阳""霜""黄"三字,脑中蹦出的却是水果店里橙黄的柿子,朱湘婷师妹因感风寒,所看所感则是阴沉寒冷的天气与寒冷压抑的心情……这一组诗叠加起来,或可还原出一个"甲辰小雪实景图"。纵人工智能再灵敏,又怎能了解每个诗人的所见所闻、所思所感?

说到底,算法所及,只是过往数据的累积,而书写当下和未来的,只能是诗人自己。人工智能可以建立数据库,通过机器学习不断贴近诗人的语言习惯和创作风格,但这仅仅是渐近线,真实的诗人随时可以在下一秒颠覆既往的创作。假如让人工智能据《壬寅诗存400首》《癸卯杂诗500首》《甲辰新咏600首》来预测林老师乙巳年诗集的题目,它给出了《乙巳雅集700首》《乙巳诗辑700首》的推测,但乙巳年到底创作多少诗歌,其实完全取决于林老师本人。

林老师诗中的个性表达也是极丰富的,

读者能够从中获得的心理体验也是极多元的：或思玄心，或悟洞见，或逢妙赏，或感深情。这样的创作恰恰是人工智能所不可为的，因为每一个诗人感知世界的方式独一无二，读者在其诗作中经历的心灵奇旅也独一无二。正如什克洛夫斯基所说："为了恢复对生活的感觉，为了感觉到事物，为了使石头成为石头，存在着一种名为艺术的东西。"林老师的诗歌正是这样的艺术。在这机械复制的时代，所幸还有林老师这样的诗人，以诗人法眼观物，用诗心点化诗境，使诗意的栖居成为可能。

（李悦，上海师范大学人文学院硕士，南京大学文学院博士生）

目　录

胡林十对10首 ······························ 79

感谊赠友 18 首 ••••••••••••••••••• 127

伤逝触怀 10 首 ••••••••••••••••••• 139

拈花笑语 12 首 •••••••••••• *199*

诗品注我 24 首

七绝·二十四诗品之雄浑

大化乾坤一裸虫，
自开七窍对鸿蒙。
汉唐气象来诗里，
河岳英灵寻我中。

七绝·二十四诗品之冲淡

风舒云碎拓虚冲，
春色人烟渐欲浓。
自向空山听昨雨，
不遮天际黛岚峰。

七绝·二十四诗品之纤秾

春园情起渐温炎，
手把近枝红粉沾。
入得桃花林下座，
前香未绝又闻甜。

七绝·二十四诗品之沉着

天长日炽早花收，
绕宅无名溪自流。
啾唧好听何处鸟，
来依老树品春秋。

七绝·二十四诗品之高古

欲出尘烦岂有诸？
逃禅借酒莫何如。
迟眠星月长为伴，
早起桌床皆是书。

七绝·二十四诗品之典雅

欢饮朋来软脚筵，
好忘今夕是何年。
有诗似昨曾酬唱，
相对无言看茗烟。

七绝·二十四诗品之洗练

诗家一语见天真，
明快轻灵别出新。
须到铅华都洗尽，
佳人果是甚么人。

七绝·二十四诗品之劲健

云天万里驾金鹏，
俯瞰神州气局兴。
李白不知今日事，
我诗写在最高层。

七绝·二十四诗品之绮丽

锦城处处见华堂，
曼舞轻歌仕女香。
赡裕恬熙游乐事，
人逢盛世作寻常。

七绝·二十四诗品之自然

久废远游荒近园，
忙书忙饭也怡然。
偶听窗外摩挲响，
新笋经春竹叶天。

七绝·二十四诗品之含蓄

几滴花间雨润苏，
涟漪或已扰平湖。
低云薄暮开将半，
待月问谁今有无。

七绝·二十四诗品之豪放

子夜歌呼菩萨蛮，
千杯来照醉中颜。
酣风送我重霄九，
踏碎浮云抱月还。

七绝·二十四诗品之精神

世间万物趣横生，
犹忆儿时百试灵。
眯缝眼睛频眨眨，
彩灯变幻万花星。

七绝·二十四诗品之缜密

天衣无缝觑遐襟，
云盖有情遮老林。
为数杂花生树几，
高低忘辨绿荫禽。

七绝·二十四诗品之疏野

树蝉饮露辄高喧，
老子先他不耐烦。
恐把闲人多得罪，
明吾醉话对花言。

七绝·二十四诗品之清奇

画影图形并刻舟，
炎凉各自到中秋。
古今多少事皆过，
总把婵娟说未休。

七绝·二十四诗品之委曲

九曲径山俯九溪，
竹摇凤尾曳云齐。
才寒叶落听秋至，
渐晚霞升看日低。

七绝·二十四诗品之实境

大好三春欲一游，
故人相约会杭州。
西湖柳岸惊蝉噪，
梦觉铃催睡过头。

七绝·二十四诗品之悲慨

幽州一怆独登台，
四句千言万古哀。
无助英雄半些子，
惟将天地入诗裁。

七绝·二十四诗品之形容

城在蜃楼仙境中，
云光幻化一天红。
灯霓遍闪笙歌杳，
似有蜂喧不夜风。

七绝·二十四诗品之超诣

何分雅俗古人同，
云里含峰虚实中。
一任天真世情外，
无邪十五国之风。

七绝·二十四诗品之飘逸

浮生辜负几春秋，
多有好山邀我游。
不得已时先耐下，
烟霞稍候用诗收。

七绝·二十四诗品之旷达

穷通经过笑人痴，
风雨阴晴俱入诗。
愿学东坡无所谓，
真无所谓岂言之。

七绝·二十四诗品之流动

风天变化自机微，
寒暑往来无是非。
但坐虚舟观逝水，
前边雨覆或云飞。

岁时兴感 15 首

七绝·癸卯岁末又立春

冻雨飑风感在身，
杪冬阳气尽漂沦。
历书唯恐寒无尽，
头尾今年两立春。

2024 年 2 月 4 日

附1：在琼海和林在勇方家
（朱恒夫）

和风拂面花落身，
遥念雨雪友漂沦。
时序轮转冬终尽，
三月举觞贺新春。

附2：在勇先生癸卯岁末立春
诗接龙（杨先国）

头尾今年两立春，
寒冬过后识清沦。
破冰尤喜除污垢，
清洁虚空清洁身。

七绝·正月初七

年中今日粉蔬烹，
初七匀调七宝羹。
思作好人多福报，
觉来正月又春生。

2024 年 2 月 16 日

七绝·梅花冬雨中

欲画腊梅晴雪间，
江南水墨泪斓斑。
雨声沥沥三冬忍，
蒸气霖霖五月还。

七绝·二月初二社日

土地公公今寿筵，
保民安社好神仙。
泰平持久共朝夕，
康乐加多添岁年。

2024 年 3 月 11 日

七绝·春分夕色

中分二月佳期至，
东指七星清夜临。
天象新缘谁作主，
人生好运各从心。

2024 年 3 月 20 日

七绝 · 清明泡桐花盛

琴木銮铃摇粉华，
熏香紫气漫天霞。
春风已讯秋闱桂，
新岁相看老树花。

2024 年 4 月 4 日

七绝 · 初夏

花减繁妆树有型，
稠风养眼色青青。
觉闻五月啼声改，
雏鸟出窠鸣不停。

2024 年 5 月 29 日

七律·甲辰芒种

节气来时亦悄然，
回回芒种不同天。
会须忙个晴收谷，
更向雨中秧插田。
仲夏炎凉将盛夏，
半年光景预丰年。
端阳风俗多游乐，
唯有考生黉夜眠。

2024 年 6 月 5 日

附1：读在勇吟友《甲辰芒种》忆及
南塘村务农生涯（杨先国）

务农时节已飘然，
忽忽春光五月天。
犹记拔秧蹲水地，
也曾喷药走棉田。
艳阳劳作忧长夏，
冬日息肩期闹年。
我在南塘村里住，
婆娑竹影伴无眠。

（屋后有竹林，竹笋曾钻出屋内泥地。）

附2：七律　甲辰芒种（李百艳）

芒种节期思悄然，
诗家运笔不同天。
千畦麦浪黄金海，
几亩荷烟碧玉田。
竹翠榴红迎盛夏，
蒲香艾馥忆流年。
此生常羡从容乐，
一枕清风自在眠。

附3：和《甲辰芒种》（王乙珈）

榴花菖艾报依然，
帘卷韶光四月天。
群卉红沾香漠漠，
一春青似叶田田。
浅深兰蕙留千顷，
南北萍蓬共十年。
愧我闲吟无彩笔，
偶书细字效蚕眠。

七绝·梅雨季闻湘黔鄂赣苏皖水灾

最是多愁六月中，
滔滔天漏漫无穷。
尧民亦苦连时雨，
当止当疏祈禹功。

2024年6月30日

七绝·春夏北旱南涝气乱不时
今江南雨止天青矣

雨旸南北两三月，
水旱尧汤九七年。
总有一丝希望在，
天晴便看是情天。

2024 年 7 月 2 日

七绝·七月七

喘牛出水鹊喧之，
长夏肇秋初七时。
日影嫌迟缠独步，
月容幸早解相思。

2024 年 8 月 10 日

七绝·今又重阳

半老应叹日转轮，
逢时幸作太平民。
年丰人寿观今岁，
柳绿桃红忆早春。

2024 年 10 月 11 日

七绝·原韵奉和李百艳院长
立冬感怀

尚有秋花一串红，
菊篱更外是年丰。
悠然南亩诗应似，
渐向冬山画不同。

2024 年 11 月 7 日

附：立冬感怀(李百艳)

春风桃李望秋红，
阅遍芳华岁月丰。
莫道清霜无所寄，
丹心如火与枫同。

七绝·小雪时令

消磨短日几分阳，
冬月兼旬待雪霜。
头上青山一年白，
眼前秋树半边黄。

2024 年 11 月 22 日

（附诗排序依和诗先后）

附1：次韵在勇小雪绝句（胡中行）

小园闲步沐斜阳，
庭树无霜身有霜。
雪未降临头已白，
叶才飘舞眼先黄。

附2：次韵佳作（刘永翔）

年来天运紊阴阳，
十月江南不见霜。
欲觅丹枫青满眼，
聊观银杏赏微黄。

附3：七绝·和小雪时令（斯阳）

寒云悄隐现冬阳，
时节初临待雪霜。
欲问故人银杏态，
可曾翠色换金妆？

附4：和小雪诗（王乙珈）

菊酒孤斟伴夕阳，
高楼目断满城霜。
一枝梧叶秋声外，
眼底申江滚滚黄。

附5：和林在勇先生七绝
　　小雪时令（曹辛华）

　　　　既然君爱是冬阳，
　　　　何惧吾头沾雪霜。
　　　　一句良言天忽热，
　　　　又烧银杏梦金黄。

附6：小雪酬林在勇兄（李易）

　　　　江头江尾共斜阳，
　　　　半掩江天半带霜。
　　　　休叹的卢过隙白，
　　　　携看篱落此间黄。

附7：七绝·小雪步林师韵(李百艳)

江南天气艳冬阳，
清爽怡人犹未霜。
岭上柿繁红满树，
田间稻熟岁金黄。

附8：冬日时令谜语一则依韵奉和
林老师《小雪时令》（李悦）

远远观之一暖阳，
细瞧颊上结冰霜。
粉妆素面橙中白，
如意心甜蟹子黄。

附 9：读林在勇先生小雪时令诗感（胡晓军）

南人迟觉转阴阳，
微雪未迎鬓已霜。
虽是仍翻青与白，
嗟乎眼里尽昏黄。

附 10：奉和小雪七绝（黄鸿秋）

年来踪迹逐隅阳，
仰看帻巾飞雪霜。
莫叹秋凋枫已老，
寒江一夜照流黄。

附 11：七绝·因伤风寒节后方和
林老师《小雪时令》（朱湘婷）

初冬无雪雨遮阳，
夜降时温面似霜。
叶落人颓天染白，
云低楼压地铺黄。

附 12：敬和步韵林在勇老师
小雪绝句（林美霞）

夏贵凉风冬贵阳，
惹情感物是秋霜。
琼楼玉宇壁斜白，
不见枫红与菊黄。

七绝·三九晦朝

晨烟漫漶似冰凝，
晓雾滚翻犹雪崩。
噤鸟滞风无日色，
寒云堆到一层层。

2025 年 1 月 12 日

颂今纪成 20 首

七律·自京返沪首乘国产大飞机
C919，颇慰钰雄吾儿参与建造也

驾起祥云入夕晖，

三千里外趁风归。

行天为瞰家山好，

插翅更生龙虎威。

神器今由中国造，

青鸾不与九霄违。

吾儿有幸预其事，

乃父欣欣试一飞。

2024 年 5 月 7 日

附：酬林兄首乘国产大飞机919
并赠雄侹（李易）

翼带高风诗带晖，
天衣紫佩歘同归。
发披左衽却矜骜，
鲲起南溟正蓄威。
一刹腾凌清忆远，
百年濩落锦心违。
且将雄剑赠雄侹，
平御金乌映日飞。

七绝·航母福建舰出海

艨艟雁阵启新航，
猎猎红旗巡海疆。
狂浪乱云清宴日，
龙船又见下西洋。

2024年5月8日

七律·嫦娥六号着陆月球背面

星河浩瀚梦萦牵，
又见嫦娥奔月船。
寻桂广寒宫后苑，
探幽无色界中天。
长思玉兔情坚似，
一展红旗泪泫然。
闻报新舟故乡至，
吴刚未酒亦翩跹。

2024 年 6 月 3 日

七绝·致敬援藏工作
并赠肖文高彭一浩张小波

两万里行生壮气，
三千丈陟俯青云。
谁将绝域春风度，
看取雪莲高处欣。

2024 年 7 月 6 日

七言排律·庆贺北京中轴线理想之城入选世界文化遗产

八纮六合御飞龙，
上善之都天下中。

玉振金鸣丹凤阙，
云蒸霞蔚紫光宫。

一街熙攘欢游客，
三海宴清留过鸿。

泉出燕山无定水，
花开棠户总和风。

南郊祀典先耕织，
正道民生重贸工。

人物颇观文教盛，
岁时再见汉唐隆。

锦城处处情皆眷，
喜事连连运必通。

举世胸怀共休戚，
当今儿女自英雄。

曾经百难思千纪，

已致小康期大同。

即展多奇诗画卷，

须成至伟复兴功。

京华相看吾华夏，

炽日东方喷薄红。

2024 年 7 月 30 日

七律 · 国庆七十五周年

金风彤照振辰旒，

桂月欣来庆诞周。

开国四之三世纪，

行天七十五春秋。

晚生后觉当年事，

先辈前知万代猷。

必是豪情堪自立，

旧邦新命起潮头。

2024 年 9 月 5 日

七律·国庆纪念人民政协七十五周年

人本精神立国先，
寰球道路看东边。
协商协力全民主，
同向同心诸事圆。
一宇群星拱宸极，
八纮合乐颂尧天。
古稀七五升平世，
长盛中华亿兆年。

2024 年 9 月 5 日

七绝·诗意中华玉佛寺
甲辰中秋国庆晚会

檀院金秋桂子香，
庭筵高会有华章。
吾诗窃喜仙音诵，
相看月圆祈世康。

2024 年 9 月 27 日

七绝·东风31AG试射

一箭穿云送响雷，

大洋万里隐虺虺。

传音西海龙王梦，

不醒不妨多几回。

2024 年 9 月 27 日

七绝·上海工业博览会

奇技异能如列珍，

星宫芯片各呈新。

十年数览思开眼，

喜见天工是国人。

2024 年 9 月 28 日

七绝·我国宣布 148 小时过境免签新政后盛况

国门六日敞风开，

游客万邦纷沓来。

自信中华真善美，

远人心至一叹哉。

2024 年 10 月 10 日

七绝·上海第七届进博会国产商品面貌一新

今年国货万花繁，

机器像人筋斗翻。

我自解嘲刘姥姥，

这回进了大观园。

2024 年 11 月 7 日

七律 · 中国春节入选世界非物质文化遗产

中华风俗五洲传，
佳节新逢启善端。
梅证温香情不晦，
雪呈瑞兆世无寒。
人人仰对皇天眷，
岁岁长祈上国安。
美景良辰除夕续，
春来处处更多欢。

2024 年 12 月 5 日

七绝·我国粮食产量首次突破1.4万亿斤

何言民以食为天，
自古雨风时不怜。
必是人和政通世，
能教岁岁作丰年。

2024年12月14日

七绝·我空军六代机飞天感赋

筋斗云翻指一挥，
陀螺旋掠燕双飞。
天兵神器谁能敌，
海宇巡航立此威。

2024年12月26日

七绝·致敬军情侦听卫士

万里风波兀尔惊，
英雄护国不知名。
时从动静观云色，
总把襟怀括海声。

2025 年 1 月 2 日

七绝·法治为题赠余东明先生

天下为公斯善治，
人间允正是和风。
圣言必也无何讼，
勿使斤斤计较中。

2025 年 1 月 2 日

七绝·美国网民因当局禁用抖音软件转而注册中国小红书

愚民之计可心诛，
破茧气窗官禁除。
只为西方遮眼久，
越洋东看小红书。

2025 年 1 月 19 日

七绝·赞 DeepSeek 团队

围观几个小哥哥，
数肉问汤谁砸锅。
为是东边放鞭炮，
那厢炸了马蜂窝。

2025 年 1 月 25 日

七绝·赞我国人工智能应用

心官思也天工物，
器局恢哉人定神。
日用不知臻化境，
悄然万象焕然新。

2025 年 1 月 25 日

兴学有感 14 首

五绝·贺上海实验学校崇明东滩高中启用

瀛岛惠风来，
黉门向海开。
百年何所树，
天下栋梁才。

2024 年 2 月 19 日

七绝·郭长江校长嘱为上海师大附属嘉定高中作诗一首

应奎山下汇龙潭，
桃李春风近杏坛。
古邑钟灵今毓秀，
人才一贯地天三。

2024 年 4 月 18 日

七绝·校园即景

泮池新育黑天鹅，
亲爱嬉欢游校河。
时过书香漾春水，
吭吭击拍和弦歌。

2024 年 4 月 22 日

七律·贺上师大研究生文稿起草
研修班《致辞文稿汇编》
辑成并谢诸导师

辞章从古贵精神，
上达天听自我民。
百态得情斯得众，
一言安理是安人。
笔中率性趁年少，
学有名师将日新。
诸体文心更雕镂，
变来七十二龙鳞。

2024 年 4 月 23 日

注：典用《文心雕龙》涉诸文体七十余种。

七绝·筹办上海师大附属深圳罗湖科创中学

将启黉门科创城，
琼楼玉树向阳生。
毓英须用新师道，
大有可为期必成。

2024 年 5 月 24 日

七绝·全国大学生艺术展演于湖北襄阳

八千学子竞歌笙，
古郡春江花月明。
诗意随风来沔水，
游踪乘兴半襄城。

2024 年 6 月 14 日

七绝·访上海师大附属贵安新区新校

昔往勘之行草莱，

今来见者起雍台。

一年已作百年计，

树木树人皆善哉。

2024 年 8 月 21 日

七绝·贺上师附中宝山分校

兴学人天皆有情，

风和新序读书声。

百年之计三春效，

一业可观诸事成。

2024 年 9 月 2 日

七绝 · 为第四十个教师节作新诗百行

人生可贵遇人师，
桂月感恩从学时。
四十周年崇教节，
颂歌为作百行诗。

2024 年 9 月 10 日

七绝 · 嘉定一中孔子像揭幕

世运重光识圣贤，
欣听学子诵遗篇。
校园立像弦歌起，
师道可风千万年。

2024 年 9 月 28 日

七绝·上海师大退役军人学院师生为七十周年校庆作无人机飞行表演

千百云机变阵飞，
霓灯星字舞穹帏。
黌园七秩今多庆，
学子能将天指挥。

2024 年 10 月 13 日

七绝·拟办上师附属华为幼儿园于青浦

区区一念五年长，
欲为华为办学堂。
俊彦淀山湖畔住，
生儿正要认吾乡。

2024 年 12 月 2 日

七绝·贺上师大艺术学部成立
敬呈朱恒夫先生

芳菲各异喜人同，
诸艺精华一脉通。
谁把万千红紫画，
丹青圣手夺天工。

2024 年 12 月 18 日

七绝·为中小学生讲楹联书法

国文之美出先天，
试为儿童讲俪骈。
纸墨久疏今搦管，
欢声促我写春联。

2025 年 1 月 12 日

师友唱和 12 首

七律·敬谢胡中行先生知遇

先生美我强成诗，
愧认齐王讽谏思。
不学从来应久妄，
无羁自出或微奇。
诸家心法旁通处，
长者徽言默识之。
为是三年感公遇，
风吟励志弗游移。

2024 年 3 月 10 日

附：读在勇《癸卯杂诗五百首》

（胡中行）

驾乘五马不忘诗，
辞丽才高七步思。
出水芙蓉枝挺秀，
啄馀鹦鹉骨新奇。
为时为事遵居易，
知史知今效牧之。
更有东坡真豁达，
清风明月任船移。

七律·三月廿八京中旧俗掸尘会，与邹晓东王登科高昌诸公雅聚

幸有邹兄吾愿偿，
登科拜过揖高昌。
玉京岁遇掸尘会，
胜友今邀敦厚堂。
得意冶心非借酒，
约诗入画早成章。
踏歌声未古今变，
又是情深记姓汪。

2024 年 5 月 6 日

附：三月廿八日京华掸尘会，时与在勇诸兄会于四世同堂之敦厚堂。翌日在勇兄有诗相赠，余奉其韵，草成于后（王登科）

减却飞花宿愿偿，
掸尘东庙遇文昌。
有缘人作嘤鸣会，
无住心生敦厚堂。
趁此年华尝诗酒，
从来富贵憎文章。
海天林下多高士，
侬姓李时我姓汪。

七律·四月廿八渐近觉群诗社
端午诗歌节呈胡中行先生

端阳将至问胡公，
诗约榴花五月红。
集凤何时来庑下，
飞龙不日在天中。
重温夫子旃檀句，
再会诸贤贝叶宫。
一岁怀惭自修少，
常思瞻望俨然风。

2024 年 6 月 4 日

附：次韵林公在勇题咏觉群
端午诗会(胡中行)

相期端午会诸公，
心与榴花一样红。
君马脱羁挥洒去，
我须拈断唱酬中。
艺文尽现观音殿，
民俗还看玉佛宫。
更有申城新诊所，
指瑕把脉正诗风。

附：依韵敬和林公觉群诗社
　　端午诗歌节（傅蓉蓉）

榴颜许绽数枝红，
遥看群仙过梵宫。
凤翥龙翔称盛事，
谈禅证道宿心同。
千章夏木丹青里，
四合烟云翰墨中。
若许他年修韵谱，
风流一半数林公。

七律·林峰会长莅沪诗词师资培训班致辞明即返京

暑夜谈诗一座亲，
闻公妙语自经纶。
传神须是重逢古，
勒石难为几度春。
高格襟怀仰所学，
佳辞风骨出其人。
醍醐如约伏中酒，
明日君行先浥晨。

2024 年 7 月 20 日

附：依在勇书记赠诗韵并和（林峰）

黄浦涛翻夜色新，
楼头风雅绝嚣尘。
好诗空自悟中得，
佳境原从梦里真。
金石双清雷气象，
丹青一品玉精神。
曲中知己今谁是，
沪上云开万古春。

注：曲中指新书《声尘证道——林在勇歌词唱段 150 首》

七律·八月十六早起诵陈海良先生
中秋望月原韵奉和

乍雨还晴一风过，

中秋昨夜触怀深。

五更早起云微起，

四宇稍沉月渐沉。

大化非常多作怪，

玄思似此不成吟。

知音何莫听天籁，

寄意无弦靖节琴。

2024 年 9 月 18 日

附：2024 年中秋望月（陈海良）

秋来湖上莲歌冷，
雁过沙边日暮深。
浩浩长风催满月，
呦呦频信乱音沉。
又逢此夜为君醉，
空负佳人独自吟。
素魄清光今作愿，
明年明月共瑶琴。

七律·原韵敬和寂潮刘公戊戌二月十五诗

情苍亦感我公风，
七十犹然十七同。
花信多诗存气雅，
金声老树告秋红。
岂将学问有涯殆，
更把人天无尽穷。
后世观今应可述，
先生莫叹事瞳胧。

2024 年 11 月 15 日

附：戊戌（2018）二月十五夜作

（刘永翔）

居然七十度春风，

华发观河感异同。

桂魄圆生今夜白，

桃花笑带去年红。

闲思玩月嗟心放，

老至窥园愧道穷。

闻有此中真意在，

自知难辨任朦胧。

七绝·谢和曹辛华教授

身心一岁半围城，

春去看从花早萌。

长短偶然新得句，

啸吟本是旧营生。

2024 年 11 月 21 日

附：读林在勇先生《心上过天风》词集

天风心上过倾城，
撩逗花翁吟态萌。
萌绕林梢香冷月，
几多雅婉梦重生。

七律·敬和陈公赋闲诗之一

于役劳形曾忘身，
羡公甲子又回春。
无邪诗外浑无事，
有德心头必有邻。
可与丹霞逢酒夕，
盍将佳梦续花晨。
长生长为明时祷，
好句多从自在人。

2024 年 12 月 4 日

附：七律·赋闲录其一(陈杰平)

> 杖扶纤瘦等闲身，
> 遍揽天涯海际春。
> 经眼花林谁作主，
> 封疆鸟兽自成邻。
> 一空云合巫山暮，
> 万里鲸回采石晨。
> 踏破双双谢公屐，
> 今生风雨不羁人。

七律·敬和陈公赋闲诗之二

柳暗花明老学庵，
念公所立已成三。
居官宿志人天鉴，
得句高心地海涵。
梦里神游应远到，
闲中急事是长酣。
不从魏晋真名士，
百岁恁遥何以堪？

2024 年 12 月 4 日

附：七律·赋闲录其二（陈杰平）

解职归乡结一庵，
逢人问二我言三。
已知池畔花初放，
要与沧波影共涵。
浊酒上头催稳睡，
清泉过手洗馀酣。
自从魏晋嵇康死，
谁又疏狂七不堪？

七律·敬和褚公新岁诗

贵恙谁期苦久缠，
念无能助竟逾年。
愁生看剑宜生憾，
病去抽丝渐去残。
岁晚诗心尤锦绣，
春来花色更斑连。
吾公豪气风华在，
正旦嘉言上达天。

2025 年 1 月 2 日

附：新岁患病书感（褚水敖）

怕遭旦夕疾魔缠，
讵料长疼入病年。
得意诗章从此弃，
倾心谋划为今残。
道中吩咐宁中盼，
身内盘旋脑内连。
豪气风华应俱在，
蓝空雨后彩云天。

2025 年元旦

七绝·和胡中行先生冬悟诗

万物生焉天各钟，
另将好处与诗翁。
来春更见头添白，
为是谐音太白同。

2025 年 1 月 9 日

附：冬悟（胡中行）

凋零万木态龙钟，
绝似街头白发翁。
待到春来人更老，
始知物我不相同。

七律·登科先生与蔬园主人唱和读后致敬并续貂

历历如禅六十春，
平生七彩岂红尘。
丹青便作归田赋，
冠冕权充漉酒巾。
每有会心依几处，
自将任性拟何人。
公今一气随挥洒，
得意得天皆率神。

2025 年 1 月 21 日

附：甲辰腊月，蔬园主人予风兄莅临连滨观鄙展——《望海潮》，返后有七律见赠，抬爱与谬赏，情殷意切，予奉原韵以和，并呈予风兄一哂

（王登科）

腊尽年余趁早春，

泥途指爪画凡尘。

蔬园散淡传家笏，

敝屣支离折角巾。

翰墨丹青称末技，

烟云供养此闲人。

平生笔底波涛涌，

望海观潮甫定神。

附：大寒前赴大连观登科兄
　　画展（周予风）

腊序辽东暖欲春，
当前字画慰行尘。
风生四壁缘吴带，
誉满一堂因郭巾。
墨色无言成说客，
书香有意作媒人。
方知大雅后来者，
勾勒随心妙入神。

胡林十对 10 首

七律·曲阜座谈新雅乐创作
遥答诗翁胡中行教授

浮生底事转相因，
思作弦歌娱圣人。
托古开今新雅乐，
变夷入夏自殊珍。
固堪得趣几重唱，
未免走神千里莼。
我欲从公宽窄韵，
和诗连夜到明晨。

2024 年 6 月 22 日

附：谢林先生在勇（胡中行）

绣腹锦心寻宿因，
先生本色是诗人。
思来一沐多握发，
灵动三餐频吐珍。
无限真情西域草，
十分偏爱陆机莼。
再忙总有偷闲日，
并辔推敲敲到晨。

2024 年 6 月 22 日

七律·胡公再赐诗依韵敬呈

欲证诗才不了因，
闻公转世白云人。
王孙梦作江南赋，
君子儒为席上珍。
七十从心岂逾矩，
大千过眼但思莼。
惜吾得遇先生晚，
拜读华章夕接晨。

2024 年 6 月 23 日

附：原韵再寄林先生在勇 (胡中行)

美君三代好基因，
雅乐新成最动人。
上海迎春歌咏志，
临川解梦曲藏珍。
一心不辍诗兼剧，
五马犹思鲈与莼。
嗟我年衰才渐竭，
苦寻佳句到凌晨。

2024 年 6 月 23 日

七律 · 敬和胡公三赠诗

盛谊忘年必有因，
或曾前世作门人。
春风嘉惠二三子，
宿学分尝四八珍。
回味香醇思越茗，
取材鲜洁忆吴莼。
晋唐可复今公在，
欣看大星寥落晨。

2024 年 6 月 24 日

附：三赠林先生在勇（胡中行）

投缘何必问前因？
或晋或唐为故人。
聚美竹林同饮酒，
创新乐府互留珍。
曾怜子建悲吟豆，
又感季鹰徒忆莼。
唤醒三生勤补拙，
以诗代舞听司晨。

2024 年 6 月 24 日

七律·窃谓复唐追汉宜有诗盛，仍用真韵呈胡公

歌诗不振问何因，
八代之衰望我人。
局面雄奇合祥瑞，
乾坤雅丽作符珍。
一声先唱宜成颂，
五味和羹贵用莼。
信有东风已来复，
启明星在欲迎晨。

2024 年 6 月 24 日

附：四用前韵答林先生在勇(胡中行)

诗坛萎靡是何因？
错在今人傲古人。
漱玉集终为敝屣，
红旗谣却作家珍。
明珠埋土仍无价，
稗草盛盘岂似莼。
敬畏先贤行正道，
少陵摩诘伴昏晨。

七律 · 步韵五呈胡公

几世诗缘感渺因，
谁家许作后来人。
歌行卖炭白居易，
抖擞劝天龚自珍。
一任平生甘苦事，
尚存梦忆色香莼。
愿无多憾将花甲，
更诵春江月向晨。

2024 年 6 月 25 日

附：用原韵五赠林先生在勇（胡中行）

无知为果孰为因，
爱作诗词百万人。
脚踏苏辛朋党好，
目空李杜自身珍。
初通格律谋夺席，
久在家山徒说莼。
豪语连篇遮不住，
一宵梦呓到清晨。

七律·两个结合应致诗国重盛感作敬呈胡公原韵之六

愿不浮生昧果因，
慈悲未必出家人。
百年遭际洋风尚，
一点灵明稀世珍。
合说中兴成教化，
当思归复寓鲈莼。
啸吟无管声新旧，
气色观摩夜与晨。

2024 年 6 月 25 日

附：用原韵六答林先生在勇（胡中行）

盼月望星莫问因，
犹如颠子遇狂人。
诗分雅俗非关好，
材有疾徐皆可珍。
君在黉宫调鼎鼐，
我居乡野享鲈莼。
交无功利真难得，
夜夜吟哦不觉晨。

七律·胡公晨问休致之期感作
次韵和诗七呈

学而时习作兰因，
自个求诸岂为人。
可敌虚无诗乃贵。
多经诞妄理弥珍。
会心食不厌精脍，
回味思之返朴莼。
纵寿期颐今过半，
更将烟夕认花晨。

2024 年 6 月 26 日

附：七用前韵答林先生在勇（胡中行）

生小耽诗总有因，
不知前世是何人？
恩师属意刘梦得，
好友推崇龚自珍。
游荡长街骑弱马，
搜寻佳句忘汤莼。
谁将旧墨蘸新粽，
一样失魂晨复晨。

七律·步韵奉和胡公第八首

初心原始悔推因，
终作诗中自在人。
河岳英灵来注我，
唐虞识取为敷珍。
气雄曾察龙文影，
意淡今思雉尾莼。
夜梦胡公八杯劝，
青梅送雨浥清晨。

2024 年 6 月 26 日

附：用原韵八酬在勇（胡中行）

一见钟情三世因，
十分相得唱酬人。
生来傲物融衡好，
老去忘形尔汝珍。
抛却儒冠斟斗酒，
唯留诗谊共盘莚。
祈天赠我卅年寿，
夜夜与君吟到晨。

七律·笑禀胡公九为极数勩再诗哉

部窄字偏谁肇因，
难为赓韵献酬人。
老师学问一何大，
奇句推敲每足珍。
合报恩知如贺李，
宜成佳话胜鲈莼。
联诗功课终于九，
今夜好眠应到晨。

2024 年 6 月 27 日

附：九为极数笑答在勇（胡中行）

一道降书追溯因，
清华李易仲裁人。
我三板斧尚能敌，
君七步诗尤可珍。
宜请名家书卷轴，
诚邀知己品鲜莼。
闲居不忘勤修炼，
再与思王醉九晨。

七律·胡公曰十全十美可也故再呈一首以足其数

廿篇唱和考其因，
定笑相公魔症人。
五字招谁惹它紧，
十番拈着把来珍。
形穿罾罟风从古，
神守清纯声借莼。
雅事于今何少矣，
先生诗可共宵晨。

2024 年 6 月 27 日

附：十全唱酬用原韵戏答在勇（胡中行）

学诗为果佛为因，
宝刹相逢同道人。
一柱一弦听锦瑟，
十全十美品时珍。
弯弯石库门前路，
静静松江源里莼。
沪上风光吟不尽，
期君微信响清晨。

另附：续貂胡林二公十唱巨制(李易)

当年诗脉转相因，壁画旗亭少一人。

徒看湛卢锵巨阙，遥飞冲赏与清珍。

戡天彩笔焉无主？抱剑蜀山思有莼。

长夜高觞恣旷荡，金乌跃海破霜晨。

另附：步韵敬和胡林二教
授唱和诗(蓝成东)

许是今生未了因，申江讲席两高人。

羡君万古声名远，妙语千楹翰墨珍。

羁客愁来思雁鹜，清音读罢忆鲈莼。

恰如元白频酬唱，情到浓时夜向晨。

乘兴题画 13 首

七绝 · 题石元兄甲辰贺岁图

富贵牡丹传喜梅，
水仙红柿满堂来。
龙瓶自带春和气，
聚起四时花共开。

2024 年 2 月 9 日

五绝 · 题徐立铨红梅鞭炮元宵图

爆竹待谁燃，
红梅静夜天。
汤圆留一碗，
续热叙团圆。

2024 年 2 月 24 日

七绝 · 题画四君子之梅

岁寒序定此为魁，
二十四番花信催。
君子神来香雪骨，
诗家笔下古风梅。

2024 年 10 月 21 日

七绝·题画四君子之兰

性情真率见毫端，
条达无拘自可观。
君子德馨盈一纸，
风神清白素心兰。

2024 年 10 月 21 日

七绝·题画四君子之竹

内外刚柔君子相，
神形虚实画家风。
自将根柢接山气，
俯仰高低天地中。

2024 年 10 月 21 日

七绝 · 题画四君子之菊

色喜霜寒香自悠，
迟开岂为百花收。
只缘合遇东篱下，
君子看山偏爱秋。

2024 年 10 月 21 日

七绝 · 敬跋汪家芳先生瓷瓶赠画

笔走龙蛇向昊穹，
无中起势出松风。
山亭对坐云窝里，
诗画禅茶一碰盅。

2024 年 12 月 17 日

七绝·题纪献平关山好秋图

但能诗画作神游，
何处关山不好秋。
余热犹观霜晚叶，
高风恰出石清流。

七绝·题纪献平石湖爽秀图

黄山来势泻云河，
碧水流光叠玉波。
天地生生还写得，
渐闻纸上起渔歌。

七律·咏罗宗强王曾丽画册
呈陈允吉胡中行先生

缘悭一面后生迟，
但借允公拟想之。
魏晋曾彰名士节，
汉唐重到我心时。
还将画笔通其韵，
好把今生托与诗。
人物风流何可再，
丹青仙侣惹怀思。

2024 年 12 月 30 日

七绝·题大别山樵吴德铭先生
水墨江山图

岱苍云远渐相侵，

近看松泉出石林。

留白水天同一色，

烟波舟子到江心。

2025 年 1 月 10 日

七绝·题邹柏兴宜兴官林图

颇惊白练天中落，

最爱碧云山下生。

一片金光来海际，

好将盛世画通明。

2025 年 1 月 18 日

七绝·题蒋步烈老师
画黑天鹅亲子嬉游

雏黄五六戏初澜，
仙侣乌衣影不单。
长者丹青应有寄，
人间更祷合家欢。

致敬风雅 26 首

七律 · 癸卯大寒耿静良兄购奇石一枚喜而嘱余咏之

雨花石遇耿夫子，
彼此钟情总认真。
直向寒中寻暖色，
长将默里守清神。
润苍点点红梅透，
涵紫盈盈碧宇新。
寓理多成唐宋韵，
人间可贵有心人。

2024 年 1 月 20 日

七绝 · 杭州观赵无极画展

必有因缘翰墨新，
神通两造此奇人。
随心泼染初心境，
无极原来是本真。

2024 年 2 月 19 日

七绝 · 题刘半山兄篆刻藏馆
四时和院

泗泾通邑好营窠，
为有嘉风过院多。
金石诗书三绝共，
人天气象四时和。

七律·可园李岗中国画艺术展

可借丹青雨后烟，
园林着色热云边。
画成姿态开奇笔，
活出风香共老莲。
真性因人非审美，
冲怀任物是知天。
李公岭外留佳作，
妙处无题我自诠。

2024 年 5 月 23 日

七律·承靳飞先生面赠
《南通笔记》志谢

必向狼山望八陲，
天心邀至酒中窥。
高人侃侃今宵几，
公子翩翩前度谁。
有大功焉编野获，
于微观处作新知。
崇川的是通江海，
浩荡风生不尽诗。

2024 年 5 月 25 日

七绝·顾清先生藏文经书收藏观后

梵藏文书十万经，
重归上国自东瀛。
千金一掷因缘大，
人物风流识顾清。

2024 年 5 月 27 日

七律·韩宜珈昆曲牡丹亭观后

声腔装束各相宜，
天纵才情不可羁。
南戏全台成胜赏，
伶歌三叠续传奇。
牡丹亭梦生还死，
芍药栏风病是医。
四百年来凭一曲，
春心微妙道无遗。

2024 年 6 月 2 日

五律·次韵傅蓉蓉教授华东师大设计学院二十周年大展观后赠魏劭农院长

廿年思往事，

再见胜初欢。

畴昔多豪兴，

而今益旷观。

怡怡著其外，

莘莘大之端。

能者行于世，

人难君不难。

2024 年 6 月 5 日

附：华东师大设计学院二十周年
　　大展观后（傅蓉蓉）

盛时逢胜事，
谈笑总成欢。
廿载辛勤意，
今朝足大观。
道心追善美，
妙境化千端。
感慨肠中热，
知难学更难。

七绝 · 徐梅院长约诗赠何惠娟女士

荷衣入水色尤新，

蕙带临风香益真，

隽婉声声棹歌起，

诗中见个采莲人。

2024 年 6 月 11 日

七律 · 侍陈伯海先生唐诗讲座

长思立雪望门墙，

三十余年过隙光。

愧我仰瞻难入室，

拜公引论欲登堂。

一言灌顶醍醐效，

九秩梨眉德寿康。

四海敲诗皆弟子，

先生之惠在云章。

2024 年 6 月 17 日

七绝·海派艺术馆纪念吴昌硕诞辰 180 周年书画作品展

一睹遗珍道在兹，
先生去后我来迟。
私淑自到吴门下，
书画难摩但学诗。

2024 年 6 月 28 日

七律·童宴方先生筹办吾乡先贤阳明书法篆刻展见告

五百年间谁匹俦，
雄才幸出海山陬。
德功言上其三立，
天地人中第一流。
释孔精神非二致，
阳明心法可千秋。
童师今欲诗书颂，
隶篆草真诸美收。

2024 年 7 月 15 日

七律·观任泽世先生
瓷器艺术博物馆

人而无癖未宜交，
今有任公嗜玉陶。
格物三千生智慧，
得心一二辨纤毫。
丹青火候材多美，
莹润天机品自高。
君子犹龙非不器，
片言鳞爪见诗骚。

2024 年 7 月 17 日

七绝 · 致敬明止堂字砖收藏馆
朱明歧先生

字存汉意唐风韵，
砖有钟鸣玉振声。
大事情须真缘至，
真心力必大功成。

2024 年 8 月 2 日

七绝 · 赠汤其耕先生

樽前泼墨多佳话，
锦上添花俱好心。
已许将身寄禅院，
汤公潇洒不能禁。

2024 年 9 月 23 日

七律 · 记诗颂长江上海研讨会
呈李少君先生

必是情深歌浦湾，
新歌婉转旧诗间。
千年故事从头起，
万里长江到此还。
风色入怀多浩荡，
云流向海好潺湲。
君言一畅扬之水，
字字珠玑不可删。

2024 年 10 月 6 日

七绝 · 贺张国恩先生鼎盛中华书画展

一往情深对老苍，
渊源灌注起沧浪。
摹心每写泥金纸，
行世多闻麝墨香。

2024 年 10 月 14 日

七绝 · 丁申阳先生书法大展观后
喜见丁公影片海报画作

形随势上好身手，
龙见云中真爪鳞。
岂止法书公独步，
当年画影亦传神。

2024 年 10 月 22 日

七绝·吴雪张国新书画展

丹青翰墨世高才，
齐向朵云轩上来。
书道大观由此见，
菩心弘愿共莲开。

2024 年 11 月 2 日

七绝·贺董芷林先生八十大寿书画展

自把缶翁神再传，
合当个老爱多偏。
先生三绝双馨矣，
望似顽心一少年。

2024 年 11 月 2 日

七绝·观卓福民先生画展有感

丹青写意费疑猜，
半世烟霞入画来。
夫子已梯天外境，
登峰绝顶拨云开。

2024 年 11 月 3 日

七绝·林与修先生《墨竹全释》寄赠致谢

海上潮人南粤来，
以书入画一枝才。
藏风夹雨衔珠露，
墨竹为伊生面开。

2024 年 11 月 5 日

七绝 · 遥贺沪皖书画家
亳州古井贡雅会

回味无穷气胜兰，
水晶照影溢甘泉。
传杯古酿应增瑞，
得井琼浆合贡天。

2024 年 11 月 25 日

七绝 · 刘辉兄携方琼徐霞诸友
音乐盛会于鹏城

暖阳岁晚洗心清，
花树南方愈有情。
更把霞辉留与月，
星船七彩载歌声。

2024 年 11 月 27 日

七绝·赠王联合从之兄

隶真行草日临池，
寤寐流觞曲水思。
联韵合神心应手，
二王宗法我从之。

2025 年 1 月 9 日

七绝·遥贺王登科先生大连望海潮
迎春书画展

妙墨随心果有神，
天将双绝予其人。
驰书致意吾三叹，
望海兴潮公再春。

2025 年 1 月 17 日

感谊赠友 18 首

七绝·朵云轩楹联书法展谢友

朵云轩阁为吾开，
千百诗联志怂裁。
颠草颜书如约至，
高情厚谊有心来。

2024 年 1 月 28 日

七绝·海南谢友呈吕治国陈毓锋李舜佶

高情厚谊感天南，
万里神交固美谈。
何日重逢申浦上，
倾杯夜话共曛酣。

2024 年 2 月 15 日

七律·侍周文彰会长如皋宝应行
并呈神医钱光华先生

携酒游吟邗水滨，
诗中灵药合逢春。
宜阳宝境宜三月，
应瑞和光应四民。
州县弘恢今乐业，
泮黉陶冶世成人。
周公故里多长寿，
岁在桃花林下新。

2024 年 4 月 4 日

七绝 · 四月初七晨抱朴兄处茶叙

得闲正好会诗家，
初夏晴朝亦有涯。
二十四番风信过，
楝花余味入香茶。

2024 年 5 月 14 日

七律 · 大夏印社访张索先生

欲窥百扇楼中天，
对坐故园花树边。
夫子言之惟一旨，
石头记者必千年。
可怀可述从今后，
斯事斯人当面前。
赠我云刀方寸篆，
先生风义有金坚。

2024 年 5 月 19 日

七绝 · 赠徐建兄

一路栽花堂上香，
四方理水源来长。
政通行事多安便，
福报因人大吉祥。

2024 年 6 月 9 日

七律 · 曲阜师大讲学敬谢承颁客座教授证书

久慕弦歌洙泗行，
今来忐忑畏诸生。
合当开口同诗义，
幸勿讹音类郑声。
芹泮得人因有自，
杏坛易世继其成。
多蒙山长张公爱，
愧领荣衔教授名。

2024 年 6 月 21 日

七绝·步韵胡先生组合联致谢觉群
诸公楹联雅集暨书法展

觉群楼上感高义，
知己人中慰陌生。
诗偈双行相对出，
云章百态各瞻清。

2024 年 8 月 10 日

附：组合联（胡中行）

楹间妙语藏深义，
联外箴言悟众生。
书聚百家楷隶草，
法遵三代晋唐清。

七律·华东师大中文系 85 级
返校团聚

丽娃水浒说从前，

石碣排名落自天。

作怪作妖宜此乐，

同窗同榻比谁颠。

四旬逝了皆尘幻，

半百归来犹少年。

最喜老师多健寿，

娱亲衣彩舞蹁跹。

2024 年 8 月 23 日

七绝·雅聚醉辉皇呈书画诸师友

酒逢知己必诗偿，
翰墨应添鼎鬻香。
灯月风花欢洽处，
人生醒醉两辉煌。

2024 年 8 月 31 日

七绝·《壬寅诗馀二百首》出版
敬谢方家惠书百幅设展雅会

拙词何幸遇诸公，
翰墨灵光照荜蓬。
本是尘中存梦影，
又来心上过天风。

2024 年 9 月 22 日

五律 · 松江泖港小满田庄谢徐公筵

秋稻绿黄滋，

红楼映碧池。

胡公约今日，

庄主飨佳时。

天旷情无碍，

酒香歌有诗。

云间其得地，

一往乐何之。

2024 年 10 月 3 日

七绝 · 谢友馈蟹

无肠公子远湖滨，

来我盘中我谢人。

酒熟诗情持八爪，

秋深暖意对三春。

七绝·赠太极拳友人

内外兼修学五禽，
刚柔相济作金箴。
天人合此圆融道，
门派自无分别心。

七绝·贺致达集团三十年庆

致和惟德勃兴焉，
达变与时三十年。
善业无非安物我，
佳缘莫不利人天。

七绝 · 聚福堂主以制墨生产食品二业行世，亦清雅实厚也

松烟制墨好研磨，
美食济民其乐何。
幸有天人逢已洽，
福因德业报还多。

七绝 · 贺婚

月绳千里合牵红，
天意两情相悦中。
祈得佳人逢阆苑，
好同俊杰共春风。

七绝·致敬华山西院赵曜院长

贯脑开天觅核金，
出神入化倚苦心。
奇哉圣手回春术，
再世华佗称杏林。

2025 年 1 月 16 日

伤逝触怀 10 首

七绝·先母辞世二十年矣

春寒一恸化长思，
换影流光过隙驰。
二十年来常在梦，
儿逢忧喜欲亲知。

2024 年 3 月 20 日

七律·忆谒南安覆船山郑成功墓

吊客拜山心不哀，
唯思苍翠几时栽。
东南云起英雄相，
上下幡飞香烛台。
曾向悲风天懂得，
便将怒海气吞来。
千秋功业谁能作，
幸甚人生此一回。

2024 年 3 月 28 日

七绝·忆访长辛店二七大罢工旧址

京汉红星旧迹存，
百年奋斗史重温。
眼前锦绣长辛店，
天下劳工不死魂。

七绝·挽周总理饰演者王铁城先生

追忆丙辰冰泪冬，
伟人弃世哭风中。
音容五十年犹在，
吾爱周公爱及公。

2024 年 6 月 22 日

七绝·悼夏志厚老师

噩耗忽传惊假真，
暑天冷汗泪加身。
翩翩旧影今安在，
为哭西游不寿人。

2024 年 7 月 18 日

七绝·曾永义先生辞世两周年祭

久钦歌仔俗文学，
遥敬诗家酒党魁。
隔海天缘悭一面，
念中形象愈峥嵘。

2024 年 10 月 10 日

七律 · 悼恩师曲学家齐森华先生

草木犹荣岁已秋，
哲人其萎不能留。
难禁长泪非无故，
未报深恩竟此休。
四十年前幸垂眼，
北南曲后欲从头。
感公素志天霜降，
渐起宫商数调讴。

2024 年 10 月 22 日

七绝·悼华东师大一附中
语文教师许强

与兄初识少年时，
半百重逢今世迟。
伤问天何吝君子，
凡间总不欲留之。

2024 年 11 月 23 日

七绝·挽童祥苓先生

雪原夕照肃天收，
英挺青松长影投。
打虎上山歌一曲，
音容不灭写春秋。

2024 年 12 月 8 日

七律·悼褚水敖先生

恍然昨日拜吴笺，
诗册新呈长者前。
本欲交春偿旧约，
争知贺旦作遗篇。
力微惜我弗能救，
医乏回天亦可怜。
从此阴阳成隔世，
再无唱和一年年。

2025 年 1 月 11 日

春申今古 10 首

七言古风·老上海阳春面

一碗汤面思到今，
八分洋钿捏来沉。
髫年谁解阳春意，
猪油葱花入味深。

2024 年 3 月 9 日

七律·上海文化史第一人陶宗仪

必有沂风汇泗洙，
斯文兹在此魁儒。
南村积叶辍耕录，
万卷成书续说郛。
作大宗师学宜广，
是真君子德非孤。
沧浪清濯松江浦，
七百年歌伟丈夫。

2024 年 5 月 22 日

七绝·陶宗仪像赞

诗书经史棹歌词，
翰墨丹青并擅之。
海上千年一人矣，
春申文脉此宗师。

七绝·为亭林古镇拟楹联十副

读书堆迹尚能寻，
幸有前贤始有今。
海上宗风肇黄顾，
云间灵气出亭林。

2024 年 7 月 30 日

七绝·老上海

申江七彩溢流金，
旧里儿时凭忆寻。
物已非非人岂是，
一丝怅意逆欢心。

2024 年 8 月 20 日

五绝·赵春阳兄嘱题
上海市花白玉兰

琅嬛天水欢，
两岸盛容观。
阆苑飞花下，
人间种玉兰。

2024 年 10 月 6 日

五绝·上海进博会玉兰江景
礼品瓷盘题诗

盛世上城新，

通津四海人。

浣花香在水，

不尽一江春。

2024 年 10 月 9 日

七绝·上海进博会志庆瓷盘题诗

春申盛景念于兹，

天地人和一共之。

渐向玉兰祥吉色，

正来四海晏宁时。

2024 年 10 月 11 日

七绝·滨江五十一层楼上作

疑从灯月瞥惊鸿，

百丈江楼照影风。

五十三参心所法，

层层再上看朦胧。

2024 年 11 月 19 日

七绝·政协会议闻上海公园数已近千

佳处惊闻数近千，

人民城市沐和暄。

自忙误我寻花树，

从此春来必访园。

2025 年 1 月 15 日

甬上寄情 10 首

七绝·闻汤丹文兄告宁波鼓楼
除夕至元宵悬张拙词八首

今知刘季大风诗，
衣锦还乡有似之。
海曙楼南对林宅，
花灯红火八篇词。

2024 年 2 月 10 日

七律·宁波月湖文化研究院
成立致贺

象月潜龙岂浅池，
一湖天下独奇之。
宝奎巷外高丽馆，
翠竹洲头学士祠。
有道名山藏可久，
更言灵气毓应滋。
吾家临水居千祀，
今喜斯文见在斯。

2024 年 4 月 23 日

七绝·月湖书院讲诗文事功世德乡情

一自心存家谱系，
便将身致世功名。
区区小我先贤后，
是为多行好事生。

2024 年 8 月 8 日

七绝·甬江潮

潮海三江鸥鹭飞，
东南雄郡入霞晖。
地惟不满谦能受，
天必相倾泽有归。

2024 年 8 月 8 日

五律·宁波徐强副市长约为
海曙中学作校歌

黉序又春秋，

遥瞻望海楼。

新园苗且秀，

大道学而优。

一校皆高第，

三江竞上游。

英才应世出，

儿女尽风流。

2024 年 9 月 1 日

五言排律·往宁波议祖居开放

一日车来去，
半程湾北南。
乘风须跨海，
司驾未停骖。
今赴汤公召，
久邀林宅谈。
诸君持论雅，
游子近乡惭。
见义弗能已，
生情不自堪。
思将人物传，
欲把古今参。
胜地如天植，
明州此镜涵。

亲民设书院，
盛世寄诗龛。
便向甬昆醉，
可成良夜酣。
月湖迟月出，
意兴二生三。

2024 年 11 月 21 日

七绝·明州寄怀之一

甬水相传文脉殊，
贺祠并祀谪仙图。
诸家流韵风汀柳，
几世高情影月湖。

2024 年 12 月 31 日

七绝·明州寄怀之二

眼观盛景八方开，
花遇和风四面栽。
尽把古今情收了，
好将山海气怀来。

2024 年 12 月 31 日

七绝·明州寄怀之三

两湖云落郡城中，
天眼双开日月瞳。
思古深涵一汪水，
临轩敞对四明风。

2024 年 12 月 31 日

七绝·喜闻宁波经济总量赶超天津

金风一夕到明州，
物意殷勤楼外楼。
莫问津门潮涨未，
甬江自向海天流。

2025 年 1 月 27 日

通州八咏 8 首

七绝·原韵奉和若朴堂主人咏南通诗

万里迎潮尊上邑，
百年起势盛才人。
不由吾信好风水，
江北江南同到春。

2024 年 12 月 31 日

附：靳飞先生咏南通诗

雨打长江云似画，
江滨杨柳却如人。
南通自古连江海，
风一吹来便入春。

七绝·原韵奉和若朴堂主人
咏南通诗又一首

何处有诗花不红，
吾乡便在此心中。
春云飞雨三千里，
一水巫山瀛海通。

2024 年 12 月 31 日

附：靳飞先生咏南通诗又一首

夜未急雨早花红，
遍地江南浸润中。
鸟语千声歌万啭，
劝君无事往南通。

七绝·原韵奉和若朴堂主人
鉴真两渡狼山诗

律密同尊一大宗，
乘桴浮海每多从。
至今认得狼山照，
富士金光为纪庸。

2024 年 12 月 31 日

附：靳飞先生诗鉴真两渡狼山

六渡东瀛创律宗，
天台密教亦相从。
狼山黄泗观陈迹，
我为今人愧暗庸。

七绝·原韵奉和若朴堂主人书狼山广教寺开山事迹并题李太白《僧伽歌》后

君三并画剡溪藤，

貌介谪仙天竺僧。

风渡东南多浩荡，

诗航江海一嶙嶒。

2024 年 12 月 31 日

附：靳飞先生原诗

青莲玉柄胡孙藤，

三谛圆融证异僧。

问是空来还是假，

狼山千载几崚嶒。

七绝·原韵奉和若朴堂主人王世贞
万历本通州志序后题诗

成洲陆海二千年，
一序隔江相缔连。
跂望高吟王少保，
娄东不及紫琅肩。

2024 年 12 月 31 日

附：靳飞先生题王世贞
万历本通州志序后

七子风骚各廿年，
南通太仓一江连。
开篇方到弇州序，
牛马甘心难比肩。

七绝·原韵奉和若朴堂主人诗赞《万历〈通州志〉》主修者

山海沧桑向化人，
贤风总欲驻阳滨。
崇川志乃嘉言录，
合乐如歌点绛唇。

2024 年 12 月 31 日

附：靳飞先生《万历〈通州志〉》主修者诗赞

生如大梦不由人，
名姓长存近海滨。
青史江山都有志，
董狐不必费舌唇。

七绝·原韵奉和若朴堂主人诗赞会战丰臣秀吉之顾冲庵

书生难遇圣明王，
长在江湖偶近堂。
我读公诗披顾传，
别藏素志耐思量。

2024 年 12 月 31 日

附：会战丰臣秀吉之顾冲庵

能臣何力捌君王，
自古纷争猬庙堂。
经略辽东功未竟，
冲庵奏议可衡量。

七绝·原韵奉和若朴堂主人
诗顾养谦与李卓吾

卓吾执我笑人颠，
扪此童心谁见怜。
五百年藏可焚卷，
惺惺客吊古幽燕。

2024 年 12 月 31 日

附：靳飞先生诗顾养谦与李卓吾

顾氏文章记李颠，
童心无畏却多怜。
是非非是谁能定，
日下荒坟看蓟燕。

游吟偶至 12 首

七律·三亚河畔望海

一片金光连海岳，
两行白鹭起河洲。
琼楼玉宇椰风渐，
车水马龙蕉影稠。
不觉生情花入眼，
相看钟意鹿回头。
人间何处闲安寄，
独此天南岁月悠。

七绝 · 五指山

穿行藤树石溪间，
方出雨林归鸟宣。
五指仙山新月隐，
红霞犹未尽西天。

2024 年 2 月 11 日

七绝 · 三亚正月初四夜

向海金滩不夜天，
银花火树入龙年。
爆声谁觉潮来去，
缕缕椰风吹白烟。

2024 年 2 月 13 日

七绝·驱车二日往返苏中

白墙红瓦两边来，
绿野黄花片片开。
千里风驰拦不住，
要将春界速量裁。

2024 年 4 月 4 日

附：步《驱车二日往返苏中》韵致林在勇先生（周文彰）

忙里抽身江北来，
领寻扁鹊处方开。
春光一路心情爽，
不及亲朋把病裁。

五绝·金鳌洲塔至却金亭

一尹足风型，
鳌洲塔下经。
当年番舶事，
今谒却金亭。

2024 年 5 月 23 日

七绝·汉口中山公园抗战胜利
受降堂旧址

偶经江汉任徜徉，
思向佳园吊国殇。
松柏云风都记得，
绿荫深处受降堂。

2024 年 6 月 13 日

七绝 · 襄阳樊城米公祠

米祠拜殿进高阶，
一仰宗风宝晋斋。
勿谓南宫唯集古，
颠狂痛快过张怀。

2024 年 6 月 14 日

七律 · 到襄阳

无谓襄阳在棘荆，
风诗早会楚骚声。
南船北马关枢地，
汉水巴山锦绣城。
百战之余多胜迹，
千年而下固佳名。
我来欲考先贤谱，
不止隆中一孔明。

2024 年 6 月 14 日

七绝 · 到贵阳贵安新区

林城宝地贵人邀，
看向坤方步步高。
昨夜西南梦先至，
今来作客饮香醪。

2024 年 8 月 21 日

七绝 · 咏泰兴

陆海沧桑新浪徊，
人民百万太平来。
通崇扬泰兴何处，
必是江天到此开。

2024 年 11 月 11 日

七绝 · 十一月半飞航至京

彤日西沉月在东，
下元十五又盈冲。
飞来天上三重色，
看向京华青白红。

2024 年 12 月 15 日

七绝 · 西望燕山

西望燕山怀古哀，
玉京南苑晾鹰台。
晚挥夕照由他去，
岁换秋风自此来。

2024 年 12 月 16 日

海外观风 26 首

七律·上海经巴黎飞墨西哥有感

望日飞天夸父追，
东升西落不须猜。
虚将星野认真划，
实向人间曲折裁。
旧界新涯抟合着，
黄沙碧海看分开。
驾鹏三万八千里，
总有祥云随我来。

2024 年 4 月 10 日

七律·墨西哥

西海高原多异香，
莫名花树习鲜阳。
新奇乍见掠些影，
思想常来浮片光。
轻驾行难挨挤道，
稠人居易矮平房。
感同身受心知意，
世上民生各有方。

2024 年 4 月 11 日

五律·戏述西班牙语

远国墨西哥，
方言音调何。
婆啰阿喏喏，
佛说莫呵呵。
字若连珠嗑，
声摩贯口歌。
其人情热络，
语气乐尤多。

2024 年 4 月 11 日

七律·世界遗产瓜达拉哈拉古城救济所

含羞草叶紫花楹，
蓝雾翠烟笼古城。
五百年经天下变，
二三人在画中行。
赡堂养老其兴善，
义舍济贫惟好生。
感慨一方真乐土，
慈悲心作永春情。

2024 年 4 月 11 日

注：蓝雾树，又名含羞草叶蓝花楹

七律·访墨西哥世界遗产特奥蒂华坎，窃喜不悔少作

石头阵里叹沧桑，

金字高坛祭太阳。

玛雅玄言神鬼事，

踌躇拙著羽蛇章。

今人种种难思议，

学者回回各主张。

名实异同诸部族，

变迁应似汉而唐。

2024 年 4 月 12 日

注：三十一年前曾以林大雄笔名出版小书《玛雅的智慧——浪漫神奇的文化隐喻》(浙江人民出版社 1993)

七绝·访世界遗产路易斯·巴拉干
故居及工作室

设色白黄非谓金，

施材木石自然箴。

线张横竖无为有，

巧夺天工是匠心。

2024 年 4 月 13 日

注：路易斯·巴拉干(1902～1988)，生于墨西哥瓜达拉哈拉，二十世纪世界伟大建筑师。其故居被列为世界遗产。

七绝·摩洛哥世界遗产巴拉特赛里古城

古城曲巷白蓝墙，

变幻余晖七色光。

游兴多因增广见，

晚风新自大西洋。

2024 年 4 月 14 日

七律·卡萨布兰卡半日游

滨海谍城徒有名，
咖啡秘馆借蜚声。
假真故事曾留影，
贫富殊风各得情。
走马街衢光灿灿，
观花市井活生生。
八斤两只开斋蟹，
买酒不教虚此行。

2024 年 4 月 15 日

七律·摩洛哥世界遗产
瓦卢比利斯考古遗址

一片台城谁旧居，
残垣断柱拱门间。
大西洋接地中海，
罗马风遗山上墟。
存废经年思所渐，
方圆数里辨其初。
非洲灼日当头照，
欲我览观无字书。

2024 年 4 月 16 日

七律·过摩洛哥世界遗产拉巴特、菲斯、梅克内斯三城

千年传国二三京，
麦地纳名皆老城。
垛堞围墙高筑垒，
人家列肆好营生。
月牙飞逐西沉日，
燕子驻听宵祷声。
随俗他乡今禁酒，
夹馍加肉酱香羹。

2024 年 4 月 16 日

七律·观巴黎奥运会开幕式视频

嘉会五洲歆健儿，
四年一度欲成诗。
行舟入列何其妙，
作怪登场谁竟痴。
崇拜西方松弛说，
风流左岸龘骤时。
草台班子遍天下，
岂独巴黎浮浪之。

2024 年 7 月 30 日

七律·赠塞尔维亚尼古拉特斯拉联盟大学

萨瓦河风八面来，
南欧花树一城栽。
近山远海皆佳处，
美女俊男多彦才。
痛史怀中巴尔干，
深情弦上古斯莱。
而今正是重生后，
国运将新势局开。

2024 年 8 月 29 日

七绝·贝尔格莱德炸馆处今已建成中国文化中心

遗址犹存烈士碑，

鲜花见证共安危。

海洲万里真兄弟，

知己天涯更许谁。

七律·赠中华人民共和国驻波黑大使馆

追风万里我心驰，

欲诵波斯尼亚诗。

必是英雄相惜与，

岂无朋友自来之。

萨城云色千年事，

电影枪声一句词。

谁谓中西山海远，

同情共命作亲知。

七律 · 赠中华人民共和国
驻黑山大使馆

神往身临幸此缘，
地中海色染云边。
黑山圣顶双鹰伫，
泽塔王朝千载旋。
国小民风尤义烈，
运奇景气更韶鲜。
我今万里逢星使，
共话东西同戴天。

五律 · 塞尔维亚乡间行

午日景斑斓，
丝云挂远山。
年来天大旱，
望处地非闲。
玉黍枯黄色，
村庐渥绛颜。
前方修道院，
观想古今间。

2024 年 9 月 6 日

七绝·贝尔格莱德意为白城

白城鹿酒呷街边，
更有风情三两弦。
恍若巴黎灯火上，
南欧夜色夕霞天。

2024 年 9 月 6 日

七律·参谒贝尔格莱德特斯拉纪念馆与铁托纪念馆

可信冥冥固有灵，
西方海隅出菁英。
天钟人杰特斯拉，
人比天才爱迪生。
雄起南欧新国运，
谦承铁托小儿名。
我来致敬无双士，
更叹双双共一城。

2024 年 9 月 7 日

七绝·作《中塞友谊之歌》敬谢两国歌唱家四重唱首演于贝尔格莱德

远国亲缘竟若何，

心声入曲共情多。

语言各异谐重唱，

万里同风万世歌。

2024 年 9 月 8 日

七律·贝尔格莱德泽蒙古镇

多瑙河波又几程，

风天到此妙音生。

两边碧树亲蓝水，

万道金光指白城。

向晚昂昂群雁起，

将秋亢亢野鹅鸣。

千年钟塔邻新月，

知是来钩颂祷声。

2024 年 9 月 8 日

五古 · 中塞友好艺术节桥-CIAO

万里娱听视，
纷呈艺术旨。
语言耳际非，
歌舞人间是。
风固起东西，
情何分彼此。
心桥久矣通，
世谊乌乎止。

2024 年 9 月 8 日

七绝 · 世界遗产黑山科托尔遇雨

一过峡湾登古城，
黑山猛气怒云生。
雨豪应为蹑尘洗，
水漫何妨跣足行。

2024 年 9 月 9 日

七绝 · 黑山

近山苍翠远山黑，
流水蜿蜒止水幽。
不是民风因地气，
焉能小国立遐陬。

2024 年 9 月 10 日

五律 · 黑山赴波黑驱车竟日

百转入山行，
云涯遥不及。
群峦自绝通，
小国固多立。
深谷大桥奇，
当年鏖战急。
残阳隐侧峰，
思古使人悒。

2024 年 9 月 11 日

七律·萨拉热窝

环城葱翠皆山也，
红瓦蓝墙拱碧穹。
三教须曾多故事，
千年必不少英雄。
劫波渡尽弟兄在，
好景生来心念中。
正起氤氲烟火气，
和平鸽子振歌风。

2024 年 9 月 12 日

五言古风·自萨拉热窝山间泉源至内战隧道,又访瓦尔特电影纪念馆

清溪源何处,波斯尼亚山。

闲安凫鹅戏,飘叶水潺潺。

秋风香草气,鸣鸟亦关关。

雨霁多游客,松下探花妍。

偶闻乡人语,当年战此间。

三十年过去,当年几人还。

环山作围城,一城两敌国。

烟火绝三年,炮火幕云黑。

地道暗出围,幽长而逼仄。

木牛流马车,饥寒略得食。

遗隧视犹新,弹痕玫瑰色。

半坡墓犹新,人死归于默。

吾来惟叹息，俯瞰山间城。
八十年前夜，曾亦起枪声。
其谁瓦尔特，自留英雄名。
兄弟外御侮，捐躯何惜生。
阋墙不可再，幸勿动刀兵。
存异以求同，为祷久和平。

2024 年 9 月 13 日

拈花笑语 12 首

五绝·山寺莲池

渐入三摩地，
重回四月天。
芳菲应尽在，
山寺一池莲。

七绝·自嘲

五禅修个进阶忙，
八戒尚贪高广床。
凡圣无差无垢净，
不言只做管何香。

七绝 · 无明

笑俗自贤多纠缠，
凡身为在最高天。
本来清净无烦恼，
欣厌何修外道禅。

七绝 · 世亦可入

愿有慈悲在我身，
从容料理软红尘。
大哉爱日以临物，
雍也熏风使面人。

七绝·遥呈径山法涌师傅

日下月升观自在，
风来云往使由之。
名山欲问安心法，
必有禅茶好对诗。

2024 年 7 月 22 日

七绝·梦羡

梦羡绀园精舍居，
离言无我见真如。
风存念住著山衲，
耳满心清敲木鱼。

七绝·觉群文教会楹联展小憩

禅院西厢云水斋，
客随主便好安排。
但闻新茗含花气，
已觉清氛入我怀。

2024 年 8 月 10 日

七绝·闻觉醒大和尚讲人间佛法

觉由正念合禅尘，
醒以明心辨妄真。
和尚平常多妙境，
人间过化已存神。

2024 年 8 月 10 日

七绝 · 觉己尤难

慧根自诩笑人迟，
生我慢心常不知，
今世仍修菩萨道，
前尘已学汉唐诗。

2024 年 11 月 15 日

七绝 · 邹晓东兄寄示
双宠玉照一帧戏作

蓝晴粉爪白须毛，
贵气雍容固傲娇。
香烛两边狮子雪，
因缘一对佛前猫。

2024 年 11 月 22 日

七绝·呈夏大珂道长

时至有期因所应，
福生无量是其人。
即同天意多行道，
便与世情长在春。

2025 年 1 月 23 日

七绝·龙华寺除夕

岁交辰巳九冬休，
除夜熙从士女游。
闻得香钟曾熟识，
行来烟寺若清修。

2025 年 1 月 28 日

花甲诗情 17 首

七绝·钰象小儿十七周岁矣

老欣孺子教成人，
华发何曾扰我神。
天气祥和将致福，
家风敦睦总逢春。

2024 年 2 月 13 日

七绝·我家水仙花开

白玉玲珑除夕开，
新春思把好花栽。
闻香五福皆应至，
行善百祥都合来。

2024 年 2 月 14 日

七绝·至亲聚太仓

元宵灯火不寒天，
离合无常今月圆。
犹记儿时亲姐弟，
长欢愿共一年年。

2024 年 2 月 26 日

七绝·孙玮兄命题春在藏字戏笔

好把诗词任便吟，
半生嬉闹到而今。
人称花甲临风树，
自号青春在勇林。

2024 年 3 月 5 日

七绝·五更天

中年渐老梦眠轻，
早起东方漫缓行。
斗转三春观所指，
晨兴四野觉先明。

2024 年 3 月 25 日

七绝 · 紫气东来公园子媳搭帐篷野餐

晴光大好搭阳篷，

紫气东来帐下风。

坐享琳琅野餐食，

阖家老少乐融融。

2024 年 5 月 26 日

七绝 · 钰雄即赴南昌从事
客机交付工作两月

而立之年赴豫章，

吾儿素志一能偿。

龙腾早插飞天翼，

老父期然望九苍。

2024 年 6 月 14 日

七绝 · 虚龄六十自嘲

花甲之年人在秋，
犹贪三甲立鳌头。
立功立德立言事，
事事瞎忙无得休。

2024 年 9 月 15 日

七绝 · 诗愈老愈精

白发换将诗意新，
何辞长作老年人。
逍遥故纸堆中乐，
恍惚沉舟侧畔春。

2024 年 9 月 16 日

七绝 · 醉诗

人老瓮眠忘几杯，
谁禁一夜醒三回。
律诗觉后推敲到，
呓语梦中胡乱来。

2024 年 10 月 1 日

七绝 · 勉子媳

千里姻缘应有定，
一番事业更无涯。
青春已作神仙侣，
嘉岁好生鸾凤娃。

2024 年 11 月 16 日

七绝·拟月湖林氏二十八代以下字辈

积善成功新岁华，

光前裕后好人家。

自翻宗谱推行第，

取字皆须立意嘉。

2024 年 12 月 12 日

七绝·冬访北京国子监

高祖题名进士碑，

玄孙默立念贻垂。

棂星门内松风似，

百四十年犹可追。

2024 年 12 月 29 日

七绝·腊月十六天气晴嘉

入眼生情非逆料，
得诗着字竟迟疑。
西窗日丽冬犹暖，
更把春来花月期。

2025 年 1 月 15 日

七绝·小儿钰象写春联

崭新楹对祥和兆，
大好春生吉庆门。
要把胸襟来手笔，
自将气象作乾坤。

2025 年 1 月 25 日

七律·人工智能作诗云云乃不知学识才情四义及诗言志抒情载道存神之用

虚惊电脑衍文辞，

又作人天妄辨痴。

两脚书橱何足道，

二元数术岂能思。

得筌平仄好将就，

出意新陈难把持。

我为机工画红线，

尔惟形肖不成诗。

2025 年 1 月 27 日

七律·甲辰乙巳跨年六十矣犹不觉老之将至

旧岁冬寒今夕尽，
行年大吉见升卿。
尔来曲折一心守，
此去纷繁千变衡。
诗共梅开宜遣兴，
老随春到不伤情。
平生自爱七言律，
花甲长居五字城。

2025 年 1 月 28 日

廿四节气春 24 首

七绝·咏廿四节气立春之一

岁岁无端太岁临，
教人从俗系红巾。
寒温半合阴阳数，
天地都来微妙春。

七绝·咏廿四节气立春之二

似见早花萌有神，
又闻暮雀噪喧呻。
物情隐约初开岁，
天意分明正立春。

七绝·咏廿四节气立春之三

天官抖擞长精神，
新岁相逢万象新。
看似花应方得气，
想来人也正当春。

七绝·咏廿四节气立春之四

夜雨寒消明艳晨，
小园漫步自由人。
早花春气当前在，
今日天光胜昨新。

七绝·咏廿四节气雨水之一

三分冻色含春气，
七九寒天滴露华。
已报东君云驾启，
雨中晴里看新花。

七绝·咏廿四节气雨水之二

泠泠声落注清罇，
醉洗前尘醒酒温。
明爽看添新秀色，
淋漓知沐广深恩。

七绝·咏廿四节气雨水之三

人向早春多赏心，
清霖打叶逗鸣禽。
润情听个花间语，
研墨描些画外音。

七绝·咏廿四节气雨水之四

龙已抬头云暧暧，
花将扑面气氤氲。
吹寒伞下心情好，
早把冬春别样分。

七绝 · 咏廿四节气惊蛰之一

捱过三冬是煦风，
立春雨水看浲濛。
闲来昼寝糊涂觉，
梦到雷惊瞌睡虫。

七绝 · 咏廿四节气惊蛰之二

知春好雨喜云烟，
一季新来始信然。
闪电宣霆惊蛰地，
萌心动念慕飞天。

七绝·咏廿四节气惊蛰之三

流行大化自行将，
蠢蠢生生何事忙。
恼雨惊雷春睡少，
悟天觉己好天长。

七绝·咏廿四节气惊蛰之四

新鲜生面几回开，
最喜早春风荡骀。
地气虫儿惊觉着，
天雷君子变兴来。

七绝·咏廿四节气春分之一

风香阵阵动心旌，
二月人天皆有情。
一入春和都入画，
但知花好不知名。

七绝·咏廿四节气春分之二

与子偕臧巧笑嗔，
分香赠我是分春。
祈将天意人情好，
看取桃花柳色新。

七绝·咏廿四节气春分之三

骤尔温阳早晚寒，
情深多变此其然。
相宜恰值三春日，
可爱如分四季天。

七绝·咏廿四节气春分之四

二月东风到未全，
余寒旧岁滞新年。
分春尚待均平尺，
计日重回桃李天。

七绝 · 咏廿四节气清明之一

那堪淅沥近悲声，
正值缤纷思落英。
对酒岂无花烂漫，
怀人争奈雨清明。

七绝 · 咏廿四节气清明之二

时佳颇慰稼耕成，
春好可欣花树生。
清气燕飞呼雨住，
明心雀跃踏青行。

七绝·咏廿四节气清明之三

总是年年枯与荣，
节时不误但知耕。
清明一过春风老，
秀实相看今岁成。

七绝·咏廿四节气清明之四

一年好处恰今呈，
目有百花闻有莺。
天意时怜春化育，
人心长望世清明。

七绝·咏廿四节气谷雨之一

云水旸风万物滋，
人间四月渐成之。
花溪径指桃源里，
春燕低飞谷雨时。

七绝·咏廿四节气谷雨之二

天有甘霖地有晴，
一年此际最熙明。
暖风吹老群芳去，
润雨滋新百谷生。

七绝·咏廿四节气谷雨之三

繁花多得联诗意，
雏鸟初闻唤母声。
天地生生皆有趣，
雨晴脉脉正含情。

七绝·咏廿四节气谷雨之四

时将四月日趋佳，
春暮知为好岁华。
仓颉作书天雨粟，
谪仙入梦笔生花。

廿四节气夏 24 首

七绝·咏廿四节气立夏之一

天人一体向雄豪，
正气昂扬无倦劳。
花事不嫌春叶老，
生涯更喜夏禾高。

七绝·咏廿四节气立夏之二

天地之仁曰好生，
当春在我已经营。
一年来此欢心至，
今岁知他佳获成。

七绝·咏廿四节气立夏之三

四时行也固须遵，
作个顺天明白人。
春恨折花方立夏，
夏思结果以还春。

七绝·咏廿四节气立夏之四

立夏尝新新得味，
入乡问俗俗称人。
先将一己知斤两，
不怕收成算弗真。

七绝·咏廿四节气小满之一

应知上意是心倾，
乐与农家渠水盈。
得地得天时小满，
间晴间雨谷多生。

七绝·咏廿四节气小满之二

气分大小一何清，
寓理含情谓好名。
雨合偏多期谷满，
福宜勿过欲心平。

七绝·咏廿四节气小满之三

物有盈虚如所见，
名分大小为当思。
福田自种无亏处，
好雨正逢半满时。

七绝·咏廿四节气小满之四

欲问灵明三夏初，
一年收获竟何如。
但求尘事小圆满，
便看行云长卷舒。

七绝·咏廿四节气芒种之一

冬麦夏来方得获，
秋秧春去正忙栽。
人情固欲闲无事，
天道酬勤行运开。

七绝·咏廿四节气芒种之二

五月人天皆倥偬，
一年花树正丰荣。
学来大化春秋异，
拓得此心襟抱宏。

七绝·咏廿四节气芒种之三

忙耕忙读晨昏后，
催种催收节气前。
晴热还逢心亦热，
年年最爱养禾天。

七绝·咏廿四节气芒种之四

一年无负好晴光，
况有人生正事忙。
可喜金黄中岁谷，
尤欢碧绿半田秧。

七绝·咏廿四节气夏至之一

如日天中端正午，
一年夏至极阳时。
江南又是黄梅雨，
不定阴晴热未知。

七绝·咏廿四节气夏至之二

向晚夕阳云醉酡，
闷昏天气究如何。
夏长漫道今为最，
蝉噪烦宣热已多。

七绝·咏廿四节气夏至之三

盛夏初来未习娴，
昼难消遣夜难眠。
云星遍洒乌金纸，
日月徐行热火天。

七绝·咏廿四节气夏至之四

莫奈老天惟自求，
欲熬长夏慢悠悠。
蝉声忘在芸窗外，
诗趣请来热兴头。

七绝·咏廿四节气小暑之一

固然气候有遗愆，
不及人情更倒颠。
喜出连旬梅熟雨，
厌来入伏汗蒸天。

七绝·咏廿四节气小暑之二

散漫观湖忘爱莲，
模糊卧榻厌听蝉。
欲祈还欲一场雨，
难耐更难三伏天。

七绝·咏廿四节气小暑之三

暑天思用读书功，
却在百无聊赖中。
行缓兔乌熬月日，
卧闲龙虎盼云风。

七绝·咏廿四节气小暑之四

暑气何曾夤夜清，
天边日色五更明。
那堪初伏且三伏，
争奈今晴甚昨晴。

七绝·咏廿四节气大暑之一

笼盖喧寰弥燠氛，
蒸天不挂片丝云。
伏身旬复二三继，
问暑名何大小分。

七绝·咏廿四节气大暑之二

九阳在上竞熅熅，
万类无端坐熇焚。
蝉树长停风住日，
荷塘晚照火烧云。

七绝·咏廿四节气大暑之三

炙烤笼蒸六月中，
四围天地大㟃㟦。
扇风挥汗劳闲异，
寂鸟喧蝉虚静同。

七绝·咏廿四节气大暑之四

骄阳似火自西东，
不变行天日日同。
悄伏藤荫经大暑，
止观瑶海待长风。

廿四节气秋 24 首

七绝·咏廿四节气立秋之一

苦熬九夏换心情，
黄历今朝节气更。
退热岂无三伏火，
立秋浪得一虚名。

七绝·咏廿四节气立秋之二

观天体物果然清，
在在晨秋变化征。
金气西风来有信，
炎心凉念转相生，

七绝·咏廿四节气立秋之三

变来有应夜鸣虫，
熬夏太长疑信中。
算日还迎秋老虎，
祈天即送月边风。

七绝·咏廿四节气立秋之四

一天清气扫炎埃，
又见玉穹星宇开。
暑后思将秋立住，
风前祈把愿还来。

七绝·咏廿四节气处暑之一

动静全无消汗风，
初晨日焰满天红。
谁将处暑立秋后，
犹在蒸炎熬夏中。

七绝·咏廿四节气处暑之二

才停微雨入蒸笼，
七月炎炎热未终。
自幸前年留小扇，
且招南海送台风。

七绝·咏廿四节气处暑之三

偶有流云似逸骖，
台风不至望东南。
逢秋暑热早中晚，
出伏旬长一二三。

七绝·咏廿四节气处暑之四

有情无奈鹊桥仙，
七夕来时出伏天。
热雨堪听惟沥沥，
香莲好看是田田。

七绝·咏廿四节气白露之一

上苍必有好安排，
四季周行气不乖。
白露生些秋意趣，
清风扩个我襟怀。

七绝·咏廿四节气白露之二

行年又入好天光，
任事攻书各各忙。
风露一清秋暑气，
身心渐染桂花香。

七绝·咏廿四节气白露之三

秋风催老众花闲，
偶有凌霄兀自攀。
几滴朝阳含白露，
一场旧梦惜红颜。

七绝·咏廿四节气白露之四

经历轮回不老人，
一场秋雨洗天真。
爽清来在归霞圃，
昏扰去如前日尘。

七绝·咏廿四节气秋分之一

开花结果转乾坤，
四季枯荣岁月痕。
秋享其成分美意，
时来有得谢天恩。

七绝·咏廿四节气秋分之二

过如昨日三春在，
临近中秋百感生。
天运寸分观月步，
诗情升斗计年成。

七绝·咏廿四节气秋分之三

意畅心欢借咏歌，
手挥足舞伴呀哦。
年年天气行秋好，
在在诗情得趣多。

七绝·咏廿四节气秋分之四

金气中分秋在兹，
清嘉可庆奉琴卮。
重农今日丰收节，
仰月良宵团聚时。

七绝·咏廿四节气寒露之一

诗里汉唐边塞情，
谁将血肉筑长城。
一身寒露为伊守，
万古雄心自我生。

七绝·咏廿四节气寒露之二

我谓寒来可入诗，
人间妙境各从之。
金风玉露相逢际，
清酿桂花同好时。

七绝·咏廿四节气寒露之三

赚得好年嘉日长，
持螯温酒喜微凉。
不寒九月迟秋意，
更暖连旬滞菊香。

七绝·咏廿四节气寒露之四

秋晚更将三月逢，
北南忘辨过飞鸿。
夜凝爽气轻寒露，
日沐阳春和煦风。

七绝·咏廿四节气霜降之一

遥寄灵明夜有光，
此身月下影堂堂。
岂甘浮世降丹志，
不忍清晨踏洁霜。

七绝·咏廿四节气霜降之二

无涯有限在书中，
浑忘饥寒好用功。
霜月晨新一天洗，
清秋日暖半边烘。

七绝·咏廿四节气霜降之三

夜诵兴叹忍啸吟，
喜忧家国每怦心。
风凝霜降天清旷，
时过情生岁浅深。

七绝·咏廿四节气霜降之四

平生不暇计穷通，
物我都存大化中。
岁运经来三季好，
霜风更得万山红。

廿四节气冬 24 首

七绝·咏廿四节气立冬之一

十月岭南春色秾，
杂花无处不从容。
心知明日天犹暖，
历法欺人说入冬。

七绝·咏廿四节气立冬之二

春草秋花迎雪替，
四时八节向年终。
尚余半月丽阳好，
今岁暖冬吹煦风。

七绝·咏廿四节气立冬之三

天运寒来问吉凶，
生机自在勿憧憧。
心情岁晚无言老，
画意江南着色浓。

七绝·咏廿四节气立冬之四

预将证果见花开，
不误春秋不掩才。
一岁行藏何者立，
三冬消息此时来。

七绝·咏廿四节气小雪之一

天地神奇何所生，
散花仙子必多情。
姿容自带风云色，
气骨犹含日月精。

七绝·咏廿四节气小雪之二

终风岁杪卷蒹葭，
撒向茫茫天尽涯。
无管暮年何处雪，
只当春事一番花。

七绝·咏廿四节气小雪之三

瑞雪凭风无远遐，
梅香先到好人家。
寒酥片片须温酒，
琼蕊纷纷更胜花。

七绝·咏廿四节气小雪之四

时有阴云时有晴，
漏天入世散琼英。
何生此雪十分白，
欲化吾心一样清。

七绝·咏廿四节气大雪之一

寒中取意挺孤身，
不畏凛风堆雪人。
谁使梨花飞万里，
竟将天色染三春。

七绝·咏廿四节气大雪之二

徂岁寒云多缥缈，
入诗雪意是精诚。
玉鳞瑶甲龙天乱，
冰骨水心文翰清。

七绝·咏廿四节气大雪之三

思将霏雪几回吟，
老岁情深或不禁。
玉树清高须得意，
璇花收放自从心。

七绝·咏廿四节气大雪之四

莫道春秋已歇微，
三冬更要看花飞。
人间有念天皆应，
寒日生梅雪亦归。

七绝·咏廿四节气冬至之一

对酒须花邀腊梅，
自家芋薯好燔煨。
年残诗得携春到，
冬至阳生带雪回。

七绝·咏廿四节气冬至之二

常思前后三生事，
犹念春秋几色花。
日短寒临年岁尾，
影长人立地天涯。

七绝·咏廿四节气冬至之三

念旧思亲叹岁华，
年年逝水过流沙。
冬行到此无香色，
阳复来之有雪花。

七绝·咏廿四节气冬至之四

平生长乐诗相伴，
松竹不凋梅约开。
共此耐寒三友在，
从今行旺一阳来。

七绝·咏廿四节气小寒之一

正好消磨诗趣中，
咏冬何急待春风。
寒梅悄送三分暖，
腊月平添几点红。

七绝·咏廿四节气小寒之二

冬寒意绪作霞骞，
别有风情可爱天。
雪色新温浆米酒，
梅香初上冷金笺。

七绝·咏廿四节气小寒之三

寒冬两事一般情，
衾冷思温诗欲精。
胡乱奈何他不得，
好生将就或能行。

七绝·咏廿四节气小寒之四

好事多行今岁完，
年终盘账此心安。
蒸糕味里过初腊，
斗酒声中胜小寒。

七绝·咏廿四节气大寒之一

大寒腊月岁将终，
南北民风小不同。
送灶除尘温酒冷，
祭牙食糯贴年红。

七绝·咏廿四节气大寒之二

红字吉门迎雪开，
霜花凝热上窗台。
残冬想必盘桓尽，
新岁得无渐次来。

七绝·咏廿四节气大寒之三

腊月逢年好聚亲，
大寒最冷却怜人。
日捱一日才三九，
冬尽三冬又一春。

七绝·咏廿四节气大寒之四

屠苏老酒祝康宁，
梅报平安枝插瓶。
岁有恩情存感念，
寒来况味忆温馨。

咏传统节日 21 首

七绝·咏传统节日之春节

阴气下沉阳气升，
信知黄历可为凭。
或寻常处天机动，
一睡醒间春意兴。

七绝·咏传统节日之上元节

欢心喜气不曾消，
正旦行来十五朝。
向夜花灯同好月，
一年圆满自今宵。

七绝·咏传统节日之中和节

汉唐风俗重民生，
二月初旬春已成。
天地中和何似政，
岁时首善莫如耕。

七绝·咏传统节日之二月二

天情萌动乱云流，
好雨发生寒气收。
年过将春才屈指，
龙眠即日已抬头。

七绝·咏传统节日之花朝节

春风列阵逐残寒，
姹紫嫣红正可观。
二月佳期仙子约，
百花生日女儿欢。

七绝·咏传统节日之上巳节

浴春讴咏曲江曲，
尚古风流三月三。
何谓人间真好事，
天将绿女配红男。

七绝·咏传统节日之寒食节

嘉春只道艳阳天，
莫管俗风何变迁。
食冷禁烟吹尺八，
踏青插柳荡秋千。

七绝·咏传统节日之清明节

一年此际最慈温，
何故诗人说断魂。
春色纷纷偏感雨，
生机在在更怀恩。

七绝·咏传统节日之浴佛节

四月芳菲闹俗情，
托言浴佛欲心清。
菩提如镜尘寰洗，
功德由人欢喜行。

七绝·咏传统节日之端午节

忙种忙收年近中，
一春农事半秋丰。
端阳香艾《岁时记》，
重午龙舟《风俗通》。

七绝·咏传统节日之晒衣节

家家初伏晒红衣，
六六每年成节期。
恰值黄梅天雨后，
江南丽日最相宜。

七绝·咏传统节日之乞巧节

星象牛郎织女邻，
夜空观想胜缘真。
祈来七夕有情鹊，
愿作一生无憾人。

七绝·咏传统节日之中元节

三五清圆又照人，
遥思逝者隔瑶津。
河灯入水前中后，
兰月生情天地亲。

七绝·咏传统节日之中秋节

凉夜温心八月间，
仰天对镜认星颜。
相思多债中秋欠，
一往深情千里还。

七绝·咏传统节日之重阳节

九九相逢日月行，
触怀最是叹人生。
霜红秋老登高意，
云碧天亲寄远情。

七绝·咏传统节日之寒衣节

节期今不识精微，
饱暖多将古意违。
九月授衣思昼锦，
一身为客念春晖。

七绝·咏传统节日之下元节

十五重生月一轮，
寒中遥拜有情神。
水官解厄人无恙，
青帝发心冬近春。

七绝·咏传统节日之腊八节

岁暮风寒寂寂天，
人欣逢节小开筵。
八珍入粥嘉平月，
五福临门大有年。

七绝 · 咏传统节日之祭灶节

廿三冬腊到春前，
祭灶蒸糕过小年。
香火常添言所事，
君爷上禀食为天。

七绝 · 咏传统节日之南方小年

南方腊月暖冬烘，
廿四交年上古风。
拜火今将灶神祭，
汤圆煮得满堂红。

七绝·咏传统节日之除夕

辞旧迎新逐日推，
九冬数到吉门开。
寒风渐减今除尽，
瑞气多加明乘来。

咏五福八喜 13 首

七绝 · 咏五福之寿

乐山乐水乐长生，
耄耋期颐岁月更。
已报福深宜久享，
尚祈泽广欲多行。

七绝 · 咏五福之富

以道得之天所资，
五车八斗此襟期。
心罗万有何其富，
物奉一身无不宜。

七绝·咏五福之康宁

人天清健天行健，
身世安平世致平。
难得年时逢不乱，
更将心气化无争。

七绝·咏五福之修好德

木瓜红豆各培栽，
花色逢春次第开。
守得仁心和气至，
修成德相好颜来。

七绝·咏五福之子孙众

螽斯鸣庆家声好，
麟趾行传世业长。
天下千年思计利，
善谋无若教儿郎。

七绝·咏八喜之久旱逢甘霖

风花春事夏勤农，
百物秋成雪在冬。
旱涝天应随意作，
雨晴人贵适时逢。

七绝·咏八喜之他乡遇故知

面带和风便是春，
世间稀罕贵冲真。
遇来别处天然侣，
安下吾心自在人。

七绝·咏八喜之洞房花烛夜

神魂应在见曾见，
欢喜常因知未知。
红盖掀开前世好，
从今一一续成之。

七绝·咏八喜之金榜题名时

岂为高人一等观，
自将易易作于难。
用功其事得之喜，
有愿从心莫此欢。

七绝·咏八喜之升官又进爵

自将潇洒作官箴，
好教清名映士林。
临众正宜行素志，
处高必不忘初心。

七绝·咏八喜之财源纷纷至

取之有道用之仁，
君子爱财财亦神。
幸得资饶能济众，
未闻器小可安身。

七绝·咏八喜之家和体魄健

家和以道存忠恕，
身健由心出性情。
但把修齐为己事，
不难天下治能平。

七绝·咏八喜之共享天伦日

五伦情重恩生义，
一脉血亲缘自天。
阅尽世间千百态，
回头根本是慈怜。

咏中国省区 34 首

七绝 · 北京

重生一立吾民族，
东出五星新国家。
天下中枢关世运，
人间上善是京华。

七绝 · 天津

名城大港工商市，
活色生香杨柳村。
中外合风临北海，
庄谐兼气盛津门。

七绝 · 河北

河海川原拱玉京，
太行壁立作长城，
风歌燕赵英雄在，
钢铁关山世界惊。

七绝 · 山西

高原黄土毓精神，
大好风光忠义人。
表里山河汾曲韵，
衣冠文物晋阳春。

七绝·内蒙

云中长调箜篌曲，
塞外新词敕勒歌。
天上星星数无尽，
羊儿还是这边多。

七绝·辽宁

辽东宜夏且宜冬，
柳外重工兼重农。
碧海观风新蜃景，
红山溯古玉猪龙。

七绝·吉林

雾凇雪岭遍奇珍，
最好俺们东北人。
诚有山盟期白首，
应加郡望祝长春。

七绝·黑龙江

山水双龙三合江，
年丰大豆与高粱。
神奇可遇穿林海，
美好无过在雪乡。

七绝·上海

玉树兰香傲世娇，
风歌摇到外婆桥。
百年故事春申浦，
宏抱襟怀江海潮。

七绝·江苏

一境古今俱绝伦，
十三州郡跨龙麟。
有诗尽是江南好，
得地当为天上人。

七绝 · 浙江

八州胜域海山清，
必应玄天魁斗星。
九曲之江来婉转，
三才一气贯钟灵。

七绝 · 安徽

人杰地灵南北中，
允文允武酒称雄。
吴头楚尾天青眼，
淮上江东帆正风。

七绝 · 福建

千里海山真福地，
八闽风物自钟天。
东巡妈祖平澜日，
瀛岛云归向月圆。

七绝 · 江西

匡庐遥望紫烟中，
故郡南昌先领风。
江右古今才子盛，
山头鼓角大旗红。

七绝·山东

纵情天下众山小，
仗义人间好汉多。
礼乐于今兴庶富，
诗书自古洽熙和。

七绝·河南

中原王气嵩邙上，
正统河图伊洛滨。
百姓寻根厚今古，
旧邦新命见精神。

七绝·湖北

巡天彻宇响编钟，
犹是九歌传楚风。
江汉中枢山海利，
荆襄首义复兴功。

七绝·湖南

三湘荒破多元气，
万古天开一伟人。
有辣成欢说忧乐，
喜看今日洞庭春。

七绝 · 广东

花开四季树茏葱，
兴业宜居万事隆。
岭外真传中古韵，
天南弘抱五洋风。

七绝 · 广西

十万大山歌百越，
一江春水酿三花。
桂林阳朔甲天下，
更有赞词无复加。

七绝 · 海南

天涯壮丽生无限，
岛上风情说不全。
愿得安闲观海老，
南山添寿祝成仙。

七绝 · 重庆

烟波轮舸下三峡，
灯火山城合两江。
欲作洪崖洞天赋，
风情绮丽世无双。

七绝 · 四川

养人最是居天府，
适意自来歌锦官。
李白重生才不足，
百篇难写一欣叹。

七绝 · 贵州

地多宝藏宜称贵，
诗爱奇山不喜平。
近岁黔中兴善政，
西南甲秀更嗟惊。

七绝·云南

所闻所见喜称谈，
歌以颂之才二三。
风物佳如仙境里，
人生乐在彩云南。

七绝·西藏

红墙金顶白云台，
美不胜收仙境开。
盛世莲花纷雪下，
高原天路远山来。

七绝·陕西

初阳太白望烟峦，
宝塔红星延水欢。
近悦远来寰一统，
复唐光汉世长安。

七绝·甘肃

祁连山去八千里，
一出玉门归忘期。
丝路中间摩卷子，
酒泉西口唱花儿。

七绝·青海

金光万道射冰峻，
花在离离原上开。
青海湖应从雪化，
黄河源必自天来。

七绝·宁夏

绿洲瀚海事耕蚕，
九曲黄河为此耽。
信有熏风经塞上，
果然景色胜江南。

七绝 · 新疆

葱岭天山护北庭，
黄沙润染绿洲青。
汉唐西域安千载，
灿烂东方出五星。

七绝 · 香港

灯楼明灭气隆窊，
恨海将平近岸涯。
歌哭百年青史记，
欣荣万代紫荆花。

七绝·澳门

游子曾遗妈祖庙，
版图再入禹神州。
天时地利珠江口，
闻得横琴共朗讴。

七绝·台湾

乱云诡谲外洋风，
孤岛夜长曦已红。
今古三思仁偃武，
海天一统信成功。

咏山川湖海 22 首

七绝 · 黄山

三叹五奇称大观，
孤松绝顶作龙蟠。
云中妙境一从遇，
天下名山都不看。

七绝 · 庐山

九天星汉竟来之，
面目云中固不知。
横竖匡庐仙佛境，
识疑山水李苏诗。

七绝·雁荡山

泼墨敷云画梦间，
龙湫击石水潺潺。
只因俯仰无双景，
固许东南第一山。

七绝·泰山

遥想武皇车马喧，
海东日出祭柴燔。
登临立意小天下，
封禅发心还本原。

七绝·华山

华夏五千年道山，
川原八百里雄关。
吹箫引凤秦娥忆，
临险得奇西岳攀。

七绝·衡山

变应玑衡星宿间，
天下均铨此机关。
逐春北雁秋飞至，
祈寿南山岁报还。

七绝 · 恒山

边塞幽燕望极辰，
人天北柱道全真。
仁山一也恒其德，
封地两之同有神。

七绝 · 嵩山

黄河直下染丹青，
秦岭东来画纬经。
六合之中多聚气，
一山而上可瞻星。

七绝·洞庭湖

襟揽岳阳楼上风，
洞庭遥望大江东。
万家忧乐后先与，
千里烟波今古同。

七绝·鄱阳湖

黛山青亩画图开，
岁岁佳期候鸟来。
霞鹜齐飞彭蠡泽，
水天一色豫章台。

七绝 · 巢湖

莫问蛟龙储宝何，
江淮今古寄情多。
信疑水底居巢国，
荡漾风中拉网歌。

七绝 · 洪泽湖

依淮夺济与浮沉，
东出淤田渠浅深。
大泽澜安千顷碧，
长堤霞落半池金。

七绝·太湖

几度沧桑进退间，
留为镜照好容颜。
观风地气分吴越，
映水天堂连海山。

七绝·渤海

关山内海汉唐疆，
大纛征帆出北洋。
几世惊涛存碣石，
一腔热血对沧浪。

七绝 · 黄海

风清岂止渔盐利，
海宴不唯齐鲁昌。
紫气渐兴中国梦，
黄河直出太平洋。

七绝 · 东海

蜃气曦曛呈海市，
潮船鱼货出龙宫。
无边广大得航渡，
观浪听涛济巽风。

七绝·南海

幻惊阆苑近南天，
花树鱼龙皆属仙。
涨海推云收放眼，
泛洋画岛往来船。

七绝·长江

船过巫山十二峰，
江陵唱罢下苏淞。
蜿蜒一万三千里，
括地飞天入海龙。

七绝·黄河

九曲来天尽入诗，
五千年史逝如斯。
鲧堙禹导今兼取，
只道河清是盛时。

七绝·淮河

禹疏未竟患多顽，
泛滥千年南北间。
一自人民兴水利，
通江达海喜潺湲。

七绝·珠江

利涉宜航山向海，
熏风丽景雨兼旸。
东西江合百川下，
南粤广开鱼米乡。

七绝·澜沧江

玉树清源过峡风，
西南漫去竟何终。
情随万里斑斓下，
梦向一江沧漭中。

咏十二生肖 24 首

七绝 · 咏子鼠之一

地支十二肖何形，
居首黠虫非不经。
菩萨心曾先点化，
仓神位自半通灵。

七绝 · 咏子鼠之二

吹吹打打嫁娇娥，
悄悄忙忙好事多。
已得千钟长偌禄，
还将五子递登科。

七绝·咏丑牛之一

犊犙犍牸视皆神，
竟尔天生只利人。
厚德为坤宜载物，
深情有报是耕春。

七绝·咏丑牛之二

协理阴阳春不喘，
均匀雨旱岁宜平。
五牛图里藏箴鉴，
百姓心中有尺衡。

七绝 · 咏寅虎之一

赫尔声名如号令，
焕然文采自威仪。
吟风啸月山林好，
不欲平阳被犬欺。

七绝 · 咏寅虎之二

岂因虚誉作山君，
神武威仪著锦文。
虎虎生风偕瑞气，
心心有念起祥云。

七绝 · 咏卯兔之一

营生须必两三窠，
卿本无求奈世何。
高洁固宜居桂殿，
温柔正为伴嫦娥。

七绝 · 咏卯兔之二

洁身顺耳御和风，
一对金睛映火红。
冰雪聪明居玉宇，
温柔敦厚下蟾宫。

七绝·咏辰龙之一

在天变化作云螭，
亦有沉潜勿用时。
隐爪飞鳞谁见者，
嘘风布雨岂无之。

七绝·咏辰龙之二

开张天有乾行象，
奇逸人同龙蠹形。
首尾云中神异隐，
见春俱化色青青。

七绝·咏巳蛇之一

何言大吉见升卿，
人亦裸虫同有灵。
处势盘身涵地气，
得神走笔象龙形。

七绝·咏巳蛇之二

天时未到但眠冬，
自有灵机春日逢。
鸿运及身添作福，
青膝得气化成龙。

七绝 · 咏午马之一

飞黄奔电壮其名，
自奋无辞万里征。
伏枥何曾志消折，
追风犹是意纵横。

七绝 · 咏午马之二

伯乐当初相未容，
飞黄神采自清丰。
春风到处行千里，
好运来时腾九重。

七绝 · 咏未羊之一

不急不徐行有常，
慧羊知礼备柔刚。
或言大矣斯为美，
更喜示之何所祥。

七绝 · 咏未羊之二

玉面云裘头角彰，
风姿清雅美髯郎。
春依花树呈新样，
貌合神祇示吉祥。

七绝 · 咏申猴之一

身手修成神怪间，
王孙无事自生闲。
何妨长啸烟霞境，
已许高眠花果山。

七绝 · 咏申猴之二

可向西天经取回，
能从玉殿酒偷来。
这身本事如无用，
花果山中平躺开。

七绝·咏酉鸡之一

冠红衣锦振精神，
昴日星君此化身。
五德题名惜毛羽，
一声报晓感天人。

七绝·咏酉鸡之二

五德之禽一世雄，
勇仁文武信相通。
句芒青帝驾将至，
昴日星君冠愈红。

七绝·咏戌狗之一

不嫌贫富义如斯，
宠恣温驯缘宿知。
必有忠诚心所守，
倘无胆气夜谁司。

七绝·咏戌狗之二

龙角鹄苍神兽称，
盘瓠创世岂无凭。
佳音春水汪汪至，
正气阳天跃跃升。

七绝·咏亥猪之一

别号糟糠一笑之，
管他真假扮呆痴。
不开混沌自多福，
惟欲饱眠无所思。

七绝·咏亥猪之二

身广体胖心自宽，
但求一饱即眠安。
福缘还是黑郎大，
生肖何如亥氏欢。

咏四灵五仙 9 首

七绝·咏四灵之龙

云兴雨作是灵征，
思有说无谁确称。
功德于民须仰拜，
爪鳞时见最低层。

七绝·咏四灵之凤

凰飞凤止辨雌雄，
兆瑞呈祥鸣好风。
何物人间天外似，
司晨模样打量中。

七绝·咏四灵之龟

天命负图河洛滨。
缘何灵甲到凡尘。
长存静气宜多寿，
一卜玄文果有神。

七绝·咏四灵之麟

古貌灵形莫可知，
昂藏英伟似雄狮。
凌烟画像应传矣，
证果生儿愿得之。

七绝·咏五仙之狐仙

阴极阳生或有方，
如风玉影过虚墙。
乞修眷世真仙体，
愿得清宵红袖香。

七绝·咏五仙之黄仙

幽灵鸡犬夜惊呢，
变化音形神异多。
何物道行能及此，
谁人造次惹乎他。

七绝·咏五仙之白仙

聋剌拳身阴畏光，
偷瓜不似炼行方。
天生模样讨欢喜，
自有灵通告吉祥。

七绝·咏五仙之柳仙

交尾庖羲与女娲，
腾挪婉转御云车。
凭谁晓得去来世，
且自修成青白蛇。

七绝·咏五仙之灰仙

幽居穴府料知年，
悄悟玄机窃自天。
十二地支他作首，
三千世法子为先。

咏笔墨纸砚 8 首

七绝·咏笔

蒙恬何故自开宗，
挺颖抚丝裁紫筇。
把握人天从寸管，
指挥云水用毫锋。

七绝·咏砚

一吸精华云锦章，
琅琊父子世无双。
龙蛇继起三千化，
江海分存十八缸。

七绝 · 咏纸

千回捣练月星颜，
染翰成章不可删。
固与留连清白处，
须同挥洒古今间。

七绝 · 咏墨

松烟炼就火丹身，
万杵千锤化玉尘。
七彩无如他一色，
三光有似此多神。

七绝·管城侯毛元锐（笔）诗赞

帷幄运筹凭尔才，

蒙恬帐下颖公来。

毛锥刺史锋芒出，

墨水郡王旌旆开。

七绝·即墨侯石虚中（砚）诗赞

璞玉通灵日月精，

玄云磨荡愈贞亨。

贵封即墨偕毛颖，

雅尚临池对石泓。

七绝 · 好畤侯楮知白（纸）诗赞

无怪蔡侯情独钟，
白袍玉面气生风。
统军万字中郎将，
晋爵荣衔楮国公。

七绝 · 松滋侯易玄光（墨）诗赞

邑封荆楚水云边，
养晦玄光遇待天。
毫楮平章忙一事，
松烟都护友三贤。

咏八珍八鲜 16 首

七绝·咏八珍之燕窝

燕血含精称上膳，
天华聚宝出南洋。
谁怜雏鸟啾声急，
遭此倾巢捣穴殃。

七绝·咏八珍之猴头

菌菇入席山珍首，
模样齐天大圣头。
物各生生偶相似，
无端名目作佳馐。

七绝 · 咏八珍之凫脯

展翅挺膺三两肉，
兼程赴席万重山。
一飞何惧身千劫，
最是难逾舌齿关。

七绝 · 咏八珍之鱼翅

跳墙僧爱金丝菜，
入口羹游软骨鳍。
滋味全凭汤料美，
人间嗜好固离奇。

七绝·咏八珍之乌参

屈伸盈缩伏流沙，
居浊食清嬉水花。
会合阴阳天造化，
滋生气血海精华。

七绝·咏八珍之鲥鱼

从流常近子陵台，
为见青山排闼开。
浪尾时随春汛上，
肥鳞必约老饕来。

七绝·咏八珍之月蛋

黑水洋中避网罾，
身柔爪曲目双明。
庖厨善作乌鱼卵，
日月徒生墨海精。

七绝·咏八珍之裙边

花哨名头乱实虚，
八珍席上舞裙裾。
壮阳强骨红烧鳖，
凉血滋阴清煮鱼。

七绝 · 咏八鲜之菱

红颜出角含春色，
白玉生津解暑氛。
清雅菱花谁识取，
丽词菡萏总多闻。

七绝 · 咏八鲜之藕

荷风花色入文章，
秋实悄然深底藏。
清热何须莲子苦，
回甘更有菜根香。

七绝 · 咏八鲜之芋

脆鲜入菜清香胜，
糯熟充粮饫润多。
百物生生皆有用，
思天好意竟如何。

七绝 · 咏八鲜之柿

情天长眷岂三春，
岁晚始知秋亦亲。
红火观来如意事，
甘馨对着可心人。

七绝·咏八鲜之虾

灵姿欲画青无色，
俗态相看红有光。
白石学来颇费力，
莫如炝炒下厨房。

七绝·咏八鲜之蟹

执锐披坚威凛凛，
仰天鼓气活生生。
谁先吃得新滋味，
尔独行来横性情。

七绝·咏八鲜之蚶

江海自生天使然，
星斑紫壳扇形圆。
蛤汤世许无双味，
御笔亲题第一鲜。

七绝·咏八鲜之萝卜

经霜萝卜赛人参，
冬日梨瓜土里金。
润爽初尝犹雪意，
涩甘回味是花心。

花神我遇之 100 首

七绝·题石元画凌霄花

向上非攀昼锦堂，
欲无遮处近明阳。
花红未改神清气，
岂为居高不自香。

七绝·题石元解暑图

最喜伏瓜新落藤，
剖霞分月夜凉生。
清泉入口犹含蜜，
振我精神怡我情。

七绝·题石元画石榴

叶繁不掩紫霞光，
一树绯云前后香。
剥得红榴圆满果，
浑身乐为子孙忙。

七绝·题石元寿桃葡萄图

寿果新圆玉润盈，
珠玑自贵夜光生。
本来红紫堪描画，
莫笑人情喜俗情。

七绝·题石元画扶桑花

秾如桃李晓霞妆，
颜欲驻春春欲长。
谁解多情点红笔，
恋花惟忆是扶桑。

七绝·题石元枇杷杨梅图

骊珠收得一箩筐，
金玉呈堂报吉祥。
正是江南春雨后，
杨梅红紫夏方将。

七绝·题石元画石斛兰

仙姿自把碧丛分，
绛蔓金簪蛱蝶裙。
待月西厢风弄晚，
佳人一沐更三薰。

七绝·题石元画牵牛花

将开未尽晓初云，
纤蔓生机几处分。
水墨蓝烟花动影，
神来笔下谢东君。

七绝·题石元月季图

堪比牡丹娇煞人，
红酣方醉沁园春。
谁言一季勾芒去，
月月香浓花又新。

七绝·题石元枇杷图

早夏已将嘉获呈，
金丸缀玉翠屏倾。
劝君上手抢先摘，
雀鸟纷喧争啄声。

七绝·题石元水墨葡萄图

润雨滋阳皆有情，
人天造化喜生生。
看他青绿春初长，
盛夏琼珠紫气盈。

七绝·题石元画紫荆花

秾艳压春须盛夸，
天生颜色是仙家。
红绡千树灼如火，
谁剪彤云饰物华。

七绝·题石元美人蕉蝴蝶图

一醉春风酒晕妆，
玉人花蝶舞霓裳。
流丹不尽胭脂色，
飘袖还多罗绮香。

七绝·题石元画弯子木

南国奇花别韵长，
虬龙背上郁金香。
多情必是芳心蕊，
自把风流诉艳阳。

七绝·题石元画白菜番茄扁豆

叶脆实圆宜有香，
清清白白柿红汤。
人间烟火家常菜，
最是悠然情味长。

七绝·题石元佛手图

菩提金玉一堂安，
福寿谐音闻者欢。
柑橘团拳形合吉，
芸香千指气如檀。

七绝·题石元画寿桃

圆熟献堪神佛筵，

红鲜美似玉天仙。

长生花果三千树，

至乐春秋十万年。

七绝·题石元画腊梅南天竹

岁寒双艳夺春工，

赤玉金珠妙不同。

岂必高情全赠雪，

分香遍送趁冬风。

七绝·题石元画紫玉兰

琼枝叠翠倚云栽，
瑶萼含香向日开。
定是东君迎紫气，
春申江上御风来。

七绝·题石元竹报平安图

秀挺立身根脚清
心空不是未心倾。
相思风至传消息，
竹报平安振叶声。

七绝·题石元石榴图

花红实满风歌在，
福厚报多图画之。
抱子芳心老成色，
春颜曾也醉胭脂。

七绝·题石元牡丹图

洛阳纸贵为倾城，
画影带香心已惊。
漫道人情能戒色，
一瞻国色自生情。

七绝·题石元画雏鸡迎春花

新垂金缕出篱笆，
嬉戏鸡雏属哪家。
最爱娇儿无赖甚，
遍尝春色啄黄花。

七绝·题石元画雄鸡蝈蝈

酉日将军敛喙锋，
螽斯对阵气从容。
今逢五德仁君子，
仰视冠红运不凶。

七绝·题石元画广玉兰

洁白清高花叶融，
幽香似在有无中。
暮春一树真淳气，
渐化行云淡淡风。

七绝·题石元蔷薇图

繁花入眼满篱墙，
浓淡铺陈初夏阳。
绚若朝云好颜色，
红霞更赠一园香。

七绝·题石元画红梅

凛冬沉霭气相侵，
岁晚谁云老不禁。
风雪霜寒尤傲骨，
红黄白绿各清心。

七绝·题石元画白玉兰

曾是仙葩阆苑栽，
霓裳飞下浦江来。
何言玉树三春发，
已许琼花四季开。

七绝·题石元画紫藤

回眸疑是紫云飞，
串串藤花垂麝怖。
三月春风吹不尽，
香氛郁郁合清晖。

七绝·题石元兰花图

素纸兰花水墨痕，
动心清影是香魂。
幽芳为有幽人赏，
雅韵终归雅画存。

七绝·题石元荷花图

众芳皆好复何夸，
莲爱开篇说到家。
不择雨旸清浊水，
自生浓淡卷舒花。

七绝·题石元菊黄蟹肥图

蟹肥常与菊黄邻，
况味杂陈忧乐人。
岂为天凉知岁晚，
不惟秋老觉花珍。

七绝·题石元画紫藤八哥

紫气东来花染风，
淡烟鲜彩画图工。
八哥听得说春好，
也入芳丛学舌中。

七绝·题石元画木芙蓉

重瓣芙蓉佳丽图，
拒霜醉酒画妍姝。
娇花照水羞三变，
玉面飞红蕊粉敷。

七绝·题石元画木梨

画外曾描绚烂花，
春风结果是精华。
两情愿得长相好，
为报木梨投木瓜。

七绝·题石元画芭蕉樱桃松鼠

樱桃红了绿芭蕉，
松鼠逞欢蓬尾摇。
拜谢遮风兼挡雨，
承天美意赠甘饶。

七绝·题石元画木棉花

烈焰绯云映碧空，
仰瞻高树祭英雄。
木棉热血重重染，
南国红花别样红。

七绝·题石元画鸡冠刺桐

冠朱羽翠此心雄，
一世花开谁最红。
欲写丹青何下笔，
先从天日借霞风。

七绝·题石元画鸡蛋花

玉瓣金心墨色新，
天工妙笔画精神。
清姿不共凡花艳，
大雅高风已绝尘。

七绝·题石元芭蕉兰花图

浓妆淡抹各相宜，
寄世能高能处低。
清雅宽和皆是好，
兰蕉花叶共诗题。

七绝·题石元杜鹃图

春到芳菲尽处回，
田家四月杜鹃开。
夭夭颜色桃花看，
美美心情谷雨来。

七绝·题石元画丝瓜蜜蜂

篱藤碧叶缀丝瓜，
犹带嫩黄鲜蕊花，
村野蜂来香气引，
寻常景物好生涯。

七绝·题石元紫薇图

桃花去后又香风，
三夏犹开百日红。
天醉酡颜紫霞起，
乱施朱粉密蓬蓬。

七绝·题石元佛手天竺图

天竺珠红玉露凝，
人间气血自多情。
佛垂金手传禅法，
但有慈悲心不惊。

七绝·题石元画扁豆花

紫烟初夏续韶光，
展蔓垂藤春意长。
悦目非从桃李色，
赏心自有豆花香。

七绝·题石元画油菜花扁豆花

一片芸苔绿野黄，
游蜂采蜜两边忙。
豆花容色须频顾，
风味思之入馔香。

七绝·题石元鸡冠花图

众芳何及凤冠红，
惜未同开春日中。
长夏将秋急燃火，
冲天花炬报年丰。

七绝·题石元画红花蕊木

胭脂深浅入丹青，
玉蕊檀心仙化形。
未与天香争国色，
人间偶至寄空灵。

七绝·题石元画花鲢西红柿

游鳞曳尾弃江湖，
嫁与番茄共沫濡。
烟火生涯烹五味，
酸甜苦辣一咕嘟。

七绝·题石元螃蟹图

披甲持兵自壮观，
横行不过是蹒跚。
介虫何晓中庸意，
出道当红佐酒餐。

七绝·题石元画腊梅芊芳

腊梅芊芳不成诗，
但念宜蒸宜煮之。
一眼冬花还暖我，
悟来可饱是天慈。

七绝·题石元荔枝图

欢喜杨妃一骑尘，
东坡为作岭南人。
诗中风味凭空想，
红果形神欲写真。

七绝 · 题石元红菊青蟹图

绛菊吹香青蟹横，
心闲花好两无惊。
且须酒熟齐姜醋，
一个吟观一个烹。

七绝 · 题石元画鸡鸣油麻藤

虬藤花发晓啼鸣，
白羽玄翎气宇清。
自向长天歌旧曲，
不随凡鸟唱新声。

七绝 · 题石元画火星花

天生异卉火星花，
仲夏朱颜映赤霞。
可待秋来金实满，
丹青收拾到仙家。

七绝 · 题石元画茄子

紫玉悬枝日日盈，
佳肴可炒可清烹。
与谁暑热成三友，
扁豆青椒第一名。

七绝·题石元画绿球草莓

玉团明丽结花轮，
只只丹珠鲜可珍。
寓目都来清雅气。
况观玛瑙自生津。

七绝·题石元画春笋幼竹

幼竹临风气自豪，
隔枝打叶喜相叨。
一番细雨殷勤至，
春笋闻声拔节高。

七绝·题石元画向日葵

天赐青黄绘玉身，
金盘承露拟仙人。
向阳无改初心志，
风雨由他只认真。

七绝·题石元画鲢鱼菱角豇豆

菱红菰白入砂锅，
翠荚青茎择剪多。
欲为家人备餐饭，
花鲢划水漾春波。

七绝·题石元画麻雀萱草花

萱草春晖藏母忧，
一飞高远祝前头。
动情听得解花语，
黄口小儿鸣唧啾。

七绝·题石元画翠竹花兔

仙裳玉步赤瞳华，
来在青筠处士家。
倘使姮娥留捣药，
月宫香桂是生涯。

七绝·题石元熟蟹图

红甲将军醉玉浆，
解袍坦腹忘雄强。
脑肝涂地酬知己，
乱弃刀兵卧菊香。

七绝·题石元枇杷松鼠图

金囊鹿子上青枝，
手捧仙丸欲揖之。
蓬尾轻摇天意谢，
不能衔果更多辞。

七绝·题石元墨彩葫芦图

水墨淋漓寓昊穹，
金光一道入吾瞳。
葫芦虽小藏天地，
元气浑沦太始风。

七绝·题石元松石图

有石可依如梵山，
松声入耳即心闲。
犹春始信千年好，
不老相看四季颜。

七绝·题石元画莴苣荔枝枇杷紫薯石榴花

莴翠荔丹香薯风，
枇杷五月乐田翁。
生鲜秀色皆餐饱，
更有榴花看火红。

七绝·题石元画玉米

玉黍化身仙皓翁，
黄裳青袂紫髯风。
居天不耐珠玑殿，
欲往人间祝岁丰。

七绝·题石元红梅图

雪后丹霞梅画风，
芳酣更有绿云融。
三冬未尽春先到，
看似柳青桃已红。

七绝·题石元画双雀秋海棠

翠袖红绡各惜珍，
秋来日子老犹新。
与君相遇初晴夏，
为我重开一路春。

七绝·题石元茶余酒后图

玉润桂香龙眼圆，
清秋快活是风筵。
岂无捷径梯天寿，
更有名花载酒仙。

七绝·题石元画水仙花

素萼冰心楚楚怜，
凌波照影自婵娟。
生来丽质其如水，
阅尽繁花只此仙。

七绝·题石元画佛手盆松

岁吉人和嘉树生，
盆松冬日好风情。
何劳妙手招春至，
一片青葱满眼明。

七绝·题石元画樱桃松鼠

樱桃红紫水晶光，
玉润天成凝露香。
可爱精灵枝上戏，
方街晕月换珠阳。

七绝·题石元桃花游凫图

春江已暖鸭浮之，
似问画家知不知。
但把桃花红影照，
一波荡漾一波诗。

七绝·题石元画蜻蜓红高粱

满目秋成胜夕晖，
田园嘉岁藋粱肥。
金风乐在拂红穗，
不管蜻蜓胡乱飞。

七绝·题石元荷塘金鱼图

秋色荷塘一鉴开，
田田翠盖捧香来。
锦鳞戏逐残红影，
情在莲心不用猜。

七绝·题石元画沙果凤梨

佳果垂枝点点红，
菠萝金玉送香风。
两边有味皆如蜜，
正在人生甜美中。

七绝·题石元画山茶花

春深老干吐新芽，
不误青枝遍绽花。
岁月风霜经历久，
丹心总是化红霞。

七绝·题石元画金铃子

青藤新挂玉玲珑，
模样可观云翠中。
谁道金铃空照眼，
中秋架月挂灯笼。

七绝·题石元画黄瓜花藤

蕊花攀竹蔓生香，
水袖金簪碧玉妆。
最喜纤腰舞风影，
丽人清韵总悠长。

七绝·题石元画映山红

水墨丹青润润侵，
山花红晕染云林。
杜鹃啼血春深处，
客子思乡一片心。

七绝·题石元葫芦丝瓜图

缠蔓合藤花果生，
悬金缀玉两分清。
丝瓜自有仙姿色，
依样葫芦画不成。

七绝·题石元画红萝卜卷心菜螳螂

翠缨丹实土香凝，
菜叶包心千百层。
拒斧螳螂偏爱素，
清欢肯作在家僧。

七绝·题石元画凤仙花

丹霞朵朵剪玲珑，
雅号小桃名带红。
纤指撷香云鬓插，
画春玉甲染花风。

七绝·题石元画红菱佳藕

玲珑玉节隐沧浪，
芰实红香波底藏。
出水相逢都一笑，
天生佳偶宿缘长。

七绝·题石元画梧桐知了

鸣蝉高调在高干，
望似悬铃木上欢。
莫问趋炎乘暑势，
热中长耐亦常难。

七绝·题石元龟寿延年图

世外蓬莱不可求，
灵龟到处作瀛洲。
为传东海南山信，
来在我家清水游。

七绝·题石元蜀葵香清图

二八佳人一丈红，
男儿七尺拜仙风。
岂因高傲亭亭立，
伏地惟能仰视中。

七绝·题石元碧桃柳色图

二月春风秀色多，
垂条亲水柳花靡。
碧桃也是桃红面，
巧笑天颜映渌波。

七绝·题石元鸳鸯戏水图

明波俪影共春声，
总有欢歌交颈鸣。
暮暮朝朝必偕与，
丹霞更染久长情。

七绝·题石元鸢尾新嫩图

芳心为许夏初晴，
一款新妆更艳惊。
独领风情疑识面，
当春时节未知名。

七绝·题石元画夹竹桃

红白参差满碧丛，
由春入夏意无穷。
杨梅时节花燃起，
腾焰淡烟霏雨中。

七绝·题石元稻谷香色图

天倾大爱是秋光，
风拂田园稻谷香。
莫谓人间贪俗色，
安民最好穗金黄。

七绝·题石元羽破金笼图

学舌般般说与听，
笼中观世了人情，
一羁金玉无真话，
但得自由皆好声。

七绝·题石元画朱实馨香图

橘红叶绿好辰光，
要把酸甜渐次尝。
畏老逢秋伤岁郁，
感天回味动心香。

七绝·题石元端阳献瑞图

青衣解带玉肌香，
赤白珠玑看欲尝。
且勿多言屈原事，
端阳为庆夏收忙。

七绝·题石元春节祥瑞图

岁朝清供瑞祥来，
阿福憨欢迎喜财。
一串红鞭助声势，
梅花风信领先开。

七绝·题石元柳浪飞燕图

花风柳浪善经营，
画里呢喃画外莺。
也在丹青详略处，
春声听见触春情。

七绝·题石元刺猬寻花图

摇丛萌动小精灵，
欲问缘何探翠庭。
我愿春君知尔意，
梦中所眷现花形。

后　　记

　　近些年我写的每一本书的后记都很率性，就是对着手机录音功能说话转成文字。这次也打算这样。

　　在人工智能都会写诗"吓倒蓬间雀"的这一个元年又那一个元年的莫名惊诧声中，我把 2024 年所写的旧体诗合编为《甲辰新咏 600 首》，为的是为人类为文化和为诗，赢得一点尊严，为那个现代人工智能或者古代被嘲笑为"两脚书橱"的家伙划一条红线，它还远远跨不过来。它即便是把我对于文字符号的创新连结，都输入它的数据库，我也会继续让它"瞻之在前，忽焉在后"处于连模仿都学不像的地位。用七律一首以存证：

虚惊电脑衍文辞，

又作人天妄辨痴。

两脚书橱何足道，

二元数术岂能思。

得筌平仄好将就，

出意新陈难把持。

我为机工画红线，

尔惟形肖不成诗。

　　写旧体诗，就是按照格律规则把文字填进去吗？诗词格律规则真的并不复杂，貌似计算机人工智能软件很方便就能办到，以至于 10 秒钟就能输出一首诗来。当代一班不是真会写诗的甚至其实连赏析也不真太会的，他就信了。假如他再看到电脑把一些古诗词意象堆砌得尚好，初看貌似的那种人工智能诗作，他就崇拜了，他还要宣称放弃写诗了。恕我直言，他本来就不该写诗。

　　学、识、才、情，这 4 个字，原本是从事有意义的文化精神创造活动所必需的。从写格律诗来讲，古今优秀的诗人，他对于各种知识信手拈来，运用自如，因为他头脑中通过学习积累而拥有了庞大的数据库，非常人所及，这就是学养。李白写《蜀道难》"蚕丛及鱼凫，开国何茫然"，假如对古史传说茫然无知，就不会有蚕丛鱼凫的典故和包含在背后的信息带入诗中。

人工智能在"学"的意义上，大数据库知识信息的广度和深度，胜人脑多多，一旦蹦出来一些就能够唬人。但如何准确调用信息，它是靠计算这些信息要素的关联程度，是依靠对人类以往经验的模仿，这就天然地丧失了原创性。李白也是可以从蚕丛鱼凫转而去写伏羲女娲的，去写司马相如卓文君也可以，人工智能恐怕就会大概率滞留在蚕丛与鱼凫之间的强联系上。最近人工智能似乎也能做出一些新的信息要素连结，而且有时看上去还蒙对了，那是不是他就有"识"了呢，我认为这个貌似"识"的现象,确实是它最近被人感到惊奇震撼的原因,但真作推究,它的"识"本质上还是"学",它的知识库通常大比例把伤秋与悲鸿相联系,刘禹锡可以"晴空一鹤排云上"把"逢秋悲寂寥"转而写得那么欢快"胜春朝",而要让人工智能写鹤,不掉进长寿或者清高的老套才怪。"识"是建立在人的社会实践基础上的对于知识信息的理解力、洞察力、判断力,以及加以综合运用的能力,谁能告诉我人工智能在这方面如何突破。不要按资本市场的吹嘘来说,要按人工智能专家的真心话来说,这种硅基的玩意儿,连碳基的小生命那种感觉能力都根本不具备。连感觉都没有,怎么可能有真正的意识,而且还得是像人一样灵性的情感的意识。

我都不想再提到"才""情"了,真正的知识和范式的原创能力,以及包含了人格养成在内独特的价值观和情绪情感情怀,它根本现在都不用谈及。不提诗人,就说一个大家熟知的大老粗吴越王钱镠吧,夫人回娘家住了几个月，他写信一封，来了一句"陌上花开，卿可缓缓归矣"，千百年来感动了多少人，人工智能能理解这句话吗，能用这样朴素的家常语言表达出充满诗意的思念之情吗？

所以，诗还得靠人来写！

如果人本身也没有诗意诗思诗趣诗情，那又凑它作甚？所以我也说人工智能会凑字攒诗也有一个好处，它能够让一些所谓的诗作现原形，缺乏真情实感的，掉书袋蹈袭古人的，喊口号自娱自乐的，望电脑而降。进而说，还有三观不正或见识格局不够的，那就连电脑都拿他没办法。

扯得太远了。转回来说每一种诗体，也包括扩大而言的词和曲，都是在特定的历史时代审美条件下所逐渐形成的最佳形式，这些体裁都有自身的完美性、具足性，当然我们可以随着时代发展有新的创新，但不是去破坏那些形式本身的规定性。是什么样的格律规则,是什么样的语言风格,就好好使用它。在这个问题上,我觉得我思想既解放又保守,也是自己划了一条红线。我坚信民族复兴也会带来诗歌的汉唐复兴气象,但是前提是写诗的人也要有一点唐宋的韵致。

前年的诗集《癸卯存诗 500 首》,胡中行先生去年 3 月 10 日为我做了序,今天碰巧也是 3 月 10 日。他老人家序中先写了一首诗来表扬我:

七律·读在勇《癸卯杂诗五百首》

驾乘五马不忘诗,
辞丽才高七步思。
出水芙蓉枝挺秀,
啄馀鹦鹉骨新奇。
为时为事遵居易,
知史知今效牧之。
更有东坡真豁达,
清风明月任船移。

我当时就笑了回复说，我脑子里怎么就冒出了一句对前辈不恭敬的话："吾妻之美我者，私我也"，出处是《邹忌讽齐王纳谏》。他老人家一定是因为特别惜赏厚爱晚辈而看着我怎么长都好看。和诗一首：

七律·敬谢胡中行先生知遇
先生美我强成诗，
愧以齐王讽谏思。
不学从来应久妄，
无羁自出或微奇。
诸家心法旁通处，
长者微言默识之。
为是三年感公遇，
风吟励志弗游移。

我可能是学过胡先生说的这些古人，我其实真的没有那种学过。总之古代著名诗人的诗集我好像确实是没有买来看过，零敲碎打的，日常读书日用见于无形无忆的，估计也只读过古人千八百首，能完整背下来的，不超过二三十首。但我知道，我确实是有古人的思维方式和审美旨趣。按我当年少年张狂的话就是，与其让古人牢笼自己，不如自雄诗心，以诗意眼光看世界，让头脑中始终盘旋着诗性的言说方式，在一切观照之中发现诗趣，这时候就不与古人分彼此了，李杜白苏就附体合体了，学着像李那样汪洋恣肆逞才情，像杜那样沉郁精炼出情怀，像白那样明白晓畅皆入诗，像苏那样达观通透写真情。我这次的后记与以往不同是不够谦虚，纯粹是被最近人工智能所谓会作诗之后各种怪论给气笑的，请读者诸君谅解。

甲辰年起始于 2024 年的 2 月初结束于 2025 年 1 月末，不足三百六十天。我说我每天差不多都写诗是为了脑保健操，其实也是心保健操，每天马上厕上枕上"三上"，岂不是可以成为练脑养心之时。而且,生命留下了痕迹,生活开出了气窗。写诗不为别的什么,仅此而已,不过却也足够足够了。感恩那些促我成诗促我留诗的每一个人、每一件事、每一个场景、每一个时刻,还有每一朵不同的花。

这次又拟了不同的名目,把 600 首诗分别置于 30 个标题之下。《诗品注我 24 首》依照唐代司空图《二十四诗品》"雄浑、冲淡、纤秾……飘逸、旷达、流动"24 种风格为题,这题材确实是有意为之,因为古人没有这样写过,愿为出新一试,但也非刻意为之,有时正好是被某一个场景所触动而作,究竟是我注六经还是六经注我,且由他去。置于卷首,是方便与研究诗歌风格的同道中人切磋,得到批评指正。

《岁时兴感 15 首》都是限于这个龙年并位于上海的感受,当然也看全国的天气报道,对水旱风雨给予了忧切关心。平时一般不太以诗示人,偶有一些节气时令会发拙诗给朋友们作为一种问候,结果小雪那首引来了12位老少诗友的和诗,真是风雅之事,全都在集中附录了。

生活在一个虽然面临各种挑战,但却实实在在正在中兴的时代,作为旧体诗人,厚古不能薄今。我把对于我们这个国家和时代所取得进步的由衷欢喜,真心诚意地记录了下来,是为《颂今纪成20首》。新鲜事物也是可以入诗的,而且不用口号那种,从诗学上讲也有意义。从我职业身份说,办学育人是第一位的,所以有了《兴学有感14首》。

《师友唱和12首》《胡林十对10首》《乘兴题画13首》《致敬风雅26首》,反映了业余生活之乐,有些画家朋友的作品需要题诗,诗友之间的唱和又因为有了微信随时可能发生,这些都是我很珍视的。周末观摩书画展或者收到书画册,每逢心有戚戚焉或者赶巧有时间,就作诗一首,向风雅致敬。最有意思的事儿是胡中行老先生跟窄韵中的5个字干上了,我们在三四天时间里一早一晚来来回回唱和了十来回,而那几天恰恰是我工作非常繁忙的日子,不过回想起来真的有意思,按照诗友李易先生所说,5个韵字用七律作十番唱和,也是古之未有也。

《感谊赠友18首》大多是向诗书画界朋友感恩致谢,去年我的诗词楹联作品出版并有三次书法展览,感念出版界书画界朋友们的盛情厚谊。也有一首记述年近花甲老同学们聚会的感慨,诗风也仿佛回到了调皮的年轻时代。《伤逝触怀10首》除了怀念逝去的亲人、师长,也写到了我所崇敬的却素未谋面的几位前辈,还有逝去了近百年或几百年仍能让我缅怀的。

《春申古今10首》,写的是我学习和生活的城市;《甬上寄情10首》,写的是我天然拥有情感联系的祖籍地;《通州八咏8首》是要感谢前辈靳飞先生抬举,为他在香港和日本出版的著作中所题诗篇作唱和。

浮生多忙,也不像以前常得出门旅行。一次年假和几次出差即兴所作收在《游吟偶至 12 首》,两次出访观感收在《海外观风 26 首》。中国传统文化中人都有儒释道的影响,努力结合优秀传统文化中有益于身心的部分发而为诗,写了《拈花笑语 12 首》。甲辰龙年,虚龄六十,儿大身老,虽不觉老之将至,唯期来者之可追,得句收在《花甲诗情 17 首》。

这一年陆陆续续完成《咏廿四节气 96 首》《咏传统节日 21 首》《咏五福八喜 13 首》《咏中国省区 34 首》《咏山川湖海 22 首》《咏十二生肖 24 首》《咏四灵五仙 9 首》《咏笔墨纸砚 8 首》《咏八珍八鲜 16 首》,这些都可以看作是一个发自内心热爱中华文化、热爱中国的文化人,在一个新旧转换的时间点上,努力把热爱说了出来。最后还要说明一下,三年前曾经有过 100 幅诗画合作的佳话又有了续篇,上海书画院徐立铨(石元)院长去年又画了百幅花鸟作品，嘱我题诗，这事拖到了年后才办，一鼓作气写了《花神我遇之100 首》。

后记写完了，就是自己和自己的絮叨，当然也希望万一有哪个读者读了这个后记，也能够有那么一刻与我同频共振，惺惺相惜。感谢中华诗词学会副会长刘庆霖先生赐序，当我前年知道他居然是先母同省同县同乡邻村的学长，心下莫名动情。作为每次编诗集的个人喜好，这次也请一位诗友和一位学生作序，一并致谢。

林在勇

2025 年 3 月 10 日

图书在版编目（CIP）数据

甲辰新咏 600 首 / 林在勇著.
—上海：上海三联书店，2025.7
--ISBN 978 - 7 - 5426 - 8955 - 9

Ⅰ. I227

中国国家版本馆 CIP 数据核字第 2025US2211 号

甲辰新咏 600 首

著　　者　林在勇

责任编辑　钱震华
装帧设计　汪要军

出版发行　上海三联书店

　　　　　中国上海市威海路 755 号

印　　刷　浙江临安曙光印务有限公司

版　　次　2025 年 8 月第 1 版
印　　次　2025 年 8 月第 1 次印刷
开　　本　700×1000　1 /32
字　　数　165 千字
印　　张　15
书　　号　ISBN 978 - 7 - 5426 - 8955 - 9 /I · 1946
定　　价　78.00 元